世界大作家儿童文学文库

会摇耳朵的猫

[法]马塞尔·埃梅 著

黄新成 译

人民文学出版社 天天出版社

图书在版编目（CIP）数据

会搔耳朵的猫 / (法) 马塞尔·埃梅著；黄新成译.
北京：天天出版社, 2024.7. -- (世界大作家儿童文学文库). -- ISBN 978-7-5016-2371-6

Ⅰ. I565.88

中国国家版本馆CIP数据核字第2024NP7889号

责任编辑：董　蕾　　　　　　　　　　**美术编辑**：卢　婧
责任印制：康远超　张　璞

出版发行：天天出版社有限责任公司
地址：北京市东城区东中街 42 号　　　　　　**邮编**：100027
市场部：010-64169902　　　　　　　**传真**：010-64169902
网址：http://www.tiantianpublishing.com
邮箱：tiantiancbs@163.com

印刷：北京鑫益晖印刷有限公司　　　　**经销**：全国新华书店等
开本：880×1230　1/32　　　　　　　　　**印张**：6.625
版次：2024 年 7 月北京第 1 版　　**印次**：2024 年 7 月第 1 次印刷
字数：114 千字

书号：978-7-5016-2371-6　　　　　　**定价**：35.00 元

目　录

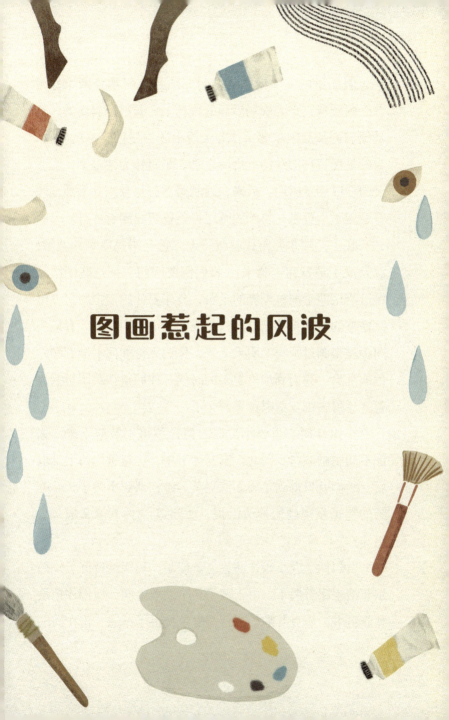

图画惹起的风波

假期里的一天上午，德尔菲纳和玛丽纳特两姐妹带着绘画颜料，来到农场后面的牧场上。颜料是崭新的，这是她们的叔叔阿尔弗雷德昨天晚上才给她们带来的礼物，为的是祝贺玛丽纳特七周岁生日。小姐妹为他唱了一支春天的歌以表示感谢。后来，阿尔弗雷德叔叔兴高采烈地哼着歌走了。可是，要画图画还得爸爸妈妈同意才行。

晚上，阿尔弗雷德叔叔一走，爸爸妈妈就嘟嘟囔囔，没完没了地发起牢骚来："我们倒要问问，把这些图画颜料送给这两个疯疯癫癫的丫头，莫非要让她们把厨房弄得乱糟糟的、满身都糊上颜料不成？难道我们这辈人有谁用图画颜料画过画吗？明天上午，你们无论如何不准五颜六色地乱涂。我们到地里上工的时候，你们得在菜园里摘豆荚，还得去割苜蓿喂兔子。"

小姐妹俩心里怪不舒服，但也不得不答应下来，保证不动图画颜料。因此，第二天上午，等爸爸妈妈上工以后，她们就只得到菜园去摘豆荚。她们遇到了鸭子，好心肠的鸭子发现她们神情沮丧，便问道："你们怎么啦，小姐妹？"

"没什么。"小姐妹回答道。但是，玛丽纳特哭了，德尔菲纳也跟着哭了。由于鸭子一个劲地追问，她们才把绘画颜料啦，摘豆荚啦，割苜蓿啦统统讲了一遍。正在周围跑着的狗和猪也过来听。听完了，它们同鸭子一样感到十分不平。

"这真令人气愤。"鸭子说，"你们的爸爸妈妈不准你们画画是不对的。不过，小姐妹，不用害怕，你们安安心心地去画画吧。只要有狗的帮助，我负责为你们摘豆荚。你能帮助我吗，狗？"

"当然能。"狗回答说。

"割苜蓿的事，"猪说，"你们就交给我好啦，我会割好多好多来存着。"

小姐妹可高兴啦。她们拥抱了三个朋友之后，就带着绘画颜料向牧场走去。当她们在调色碟里盛满清水的时候，驴子从牧场尽头来到她们面前，说："早安，小姐妹。你们用这些颜料干什么呢？"

玛丽纳特回答说，她们准备画画，并把驴子想知道的事一五一十地说了出来。

"如果你愿意的话，"她接着说，"我给你画张像。"

"哦，愿意，我非常愿意。"驴子说，"我们农场的动物一直没有机会看看自己是什么模样。"

玛丽纳特让驴子侧身站着，开始为它画像；而德尔菲纳呢，正在画一只停在草上的蝗虫。姐妹俩专心致志，静静地画着；她们还偏着头，将舌头也微微伸了出来。

驴子纹丝不动地站了一会儿，问道："可以给我看看吗？"

"等一等。"玛丽纳特回答说，"我正在画耳朵。"

"啊！好吧。别着急。谈到画耳朵呀，我要告诉你，我的耳朵是长长的，但你知道，并不是很长很长。"

"对，对，你放心好啦，我会画得恰到好处的。"

可是，德尔菲纳画失败了。她把蝗虫和草画好以后，觉得在宽大的白纸上只画这些实在单调，便又以牧场作背景，着手点缀画面。不幸的是，牧场和蝗虫全都是绿色的，这样一来蝗虫的轮廓就消失在一片绿色之中，什么也看不见了。真气人！

玛丽纳特画完后，就请驴子去看。驴子急忙走过去，一见画像，就大吃一惊。

"我真不了解，"它有点忧郁地说，"我的头怎么长得像狗一样，这我可从来没想到过。"

玛丽纳特满脸通红。驴子又继续说："耳朵也一样。人家常对我说我的耳朵长，但是，从画像上看并不见得。这一点，也出乎我的意料。"

玛丽纳特觉得很尴尬，脸更红了。的确，在驴子的画像上，与身子同等重要的耳朵画得很不好。驴子继续细看着自己的画像，眼神忧伤。突然，它惊跳起来，大声说:"怎么搞的？只给我画了两条腿！"

这一次，玛丽纳特反倒觉得泰然了。她回答说："当然啰，我只看到你的两条腿，不能随便多画呀！"

"画得真好。但是，不管怎么说，我有四条腿呀。"

"不，"德尔菲纳插话说，"你侧身站着，我们只看得到两条腿。"

驴子不再争辩。它生气了。

"好嘛，"它边走边说，"就算我只有两条腿。"

"喂，你想一想……"

"用不着，用不着想。我只有两条腿……就这样，咱们不用谈了。"

德尔菲纳笑了。玛丽纳特虽然有些内疚，但也笑了。接着，她们不再去管驴子，想寻找其他的模特来画。这时，从房子那边过来两头牛，它们打算穿过牧场到河边去喝水。这是两头大白牛，一身雪白，连一根杂毛也没有。

"你们好，小姐妹。这些小管子是做什么用的呀？"

小姐妹告诉它们那是用来画画的，它们便请小姐妹给它们画像。但是，德尔菲纳从画蝗虫的失败中吸取了教训，摇了摇头，说："这可不行。要知道，你们的身子是白的，就同这纸的颜色一样，画上去别人看不出来。白纸上画白牛，你们就会像没有身子似的，白费劲！"

两头牛面面相觑，其中一头气冲冲地说："既然我们没有身子，那就再见吧。"

小姐妹愣在那儿，非常失望。这时，她们听到身后传来了喧闹声，回头一看，只见马和公鸡吵着架往这边走来。

"是的，先生，"公鸡用激动的声音说，"我就是比你强，比你聪明。你别装模作样地冷笑。我呀，我会狠狠揍你的。"

"无能的小东西，你能把我怎么样？"马说。

"无能的小东西？你也不过如此罢了，总有一天，我要叫你知道我的厉害。"公鸡直着喉咙叫道。

小姐妹上前劝解，但费尽口舌也无法让公鸡住口。后来德尔菲纳答应给它们画像，这才平息了这场争吵。妹妹画公鸡，姐姐画马。顿时，大家都觉得气氛宁静了。公鸡把头抬得老高，向后夅拉着冠子，鼓起嗉囊，蓬松着漂亮的羽毛，兴冲冲地摆好了姿势。但是，不一会儿它就开始自吹自擂起来。

"给我画像，肯定是很愉快的啰。"它对玛丽纳特说，"你呀，你真会选模特。不是我自夸，我羽毛的颜色真是漂亮极啦。"

公鸡长时间地夸耀自己的羽毛、肉冠、风度，最后瞥了马一眼说:"不用说,与那些毛发稀疏而又色彩单调的可怜虫相比,你们自然更爱画我啰。"

"对小家禽来说,打扮得这样花里胡哨的倒也合适,"马说,"免得它们每到一个地方,都叫人家看不上眼。"

"你不过是一头家畜!"公鸡耸起羽毛,嘶声叫道,开始无休止地对马进行辱骂和威胁。马对此只是付之一笑。尽管如此,小姐妹却专心地画着。过了一会儿,两个模特都可以过去欣赏自己的画像了。看样子,马对自己的画像非常满意。德尔菲纳在马的颈项上画了长长的、漂亮的马鬃,在马的尾部画了一大把马尾毛,其中有好几根像铁镐把一样粗大、结实。总而言之,马很幸运,它摆好姿势只站了三刻钟,德尔菲纳就给它画了四只脚。公鸡也没有什么可抱怨的,它不乐意的只是把它的翎饰画得像把烂扫帚。马一直盯着自己的画像看,当它回头瞥了一眼公鸡的画像后,心里立刻感到很痛苦。

"怎么搞的,公鸡倒比我还大了!"它说道。

原来,德尔菲纳从画蝗虫得到了启发,只用了半张纸来画马;而公鸡却被玛丽纳特画得很大很大,占满了整张纸。

"公鸡倒比我大,这真妙!"

"我就是比你大,亲爱的。"公鸡乐滋滋地说,"这是自然而然的事情，有什么可奇怪的呢？我呀，不用把我们俩的画像对照看，我都知道我比你大。"

"这倒是真的。"德尔菲纳对比了两张画像后，对马说，"把你画得比公鸡小，我却没注意到。但是，这个没关系。"

她知道马生气了，可是已经太晚了，马扭头就走了。她招呼马回来，马却看也不往后看一眼，冷冷地回嘴说："是呀，我比公鸡小，而这个没关系。"马对小姐妹的解释充耳不闻，扬长而去。公鸡保持一段距离，跟在马后边，不厌其烦地重复道："我比你大！就是比你大！"

中午，爸爸妈妈收工回家，发现两个女儿都待在厨房里，他们的目光立刻投到小姐妹的罩衫上。幸亏小姐妹很小心，衣服上没有糊上颜料。问到小姐妹是如何安排时间的，小姐妹回答说，她们给兔子割了一大堆苜蓿，摘了满满两篮豆荚。爸爸妈妈以为她们说的是真话，满脸微笑，非常满意。如果他们凑近点看一看豆荚，他们就会发现豆荚里混杂着一些狗毛、鸭毛，从而会感到奇怪，但是，他们没有那样做。小姐妹还从未见过他们的心情像这天吃午饭时那么好。

"啊！我们真高兴。"他们对女儿们说，"瞧，你们摘了这么多豆荚，我们的兔子至少三天不愁苜蓿吃了。既然

你们干活这样卖力气……"

这时从桌子下面传来一阵咕噜声，打断了他们的话。他们弯腰一看，发现狗像是透不过气来的样子，就问道："你怎么啦？"

"没什么，"狗说（原来狗忍不住要笑出声来了，这把小姐妹吓了一大跳），"什么也没有。我的喉头哽住了。你们知道，哽住了就会这样。我常常以为不嚼就能吞下去……"

"好啦，别啰唆了。"爸爸妈妈说，"我们刚才说到哪儿啦？啊，对，你们干活卖力。"

他们的话再一次被一阵咕噜声打断了。但是，这次的咕噜声似乎是从门口传来的，不那么引人注意。原来，鸭子把头伸进门缝里，它也忍不住想笑。爸爸妈妈迅速看向门口。好在这时鸭子已经逃走了，他们没有看见。然而，这可叫小姐妹着急死啦。

"这大概是一阵风把门吹响了吧。"德尔菲纳说道。

"有可能。"爸爸妈妈说，"我们刚才说什么来着？对啦，说到苜蓿和豆荚。我们确实为你们感到自豪。有这样听话、这样爱干活的女儿，真叫人高兴。我们要奖励你们。你们要知道，我们不是不准你们画画。今天上午，我们是想试试，看你们到底是不是听话，是不是一心一意干活的好孩子。现在我们放心啦，因此，我们同意你们一下午都画画。

小姐妹向爸爸妈妈道谢，不过那声音小得桌子对面都听不见。爸爸妈妈因为愉快，也就没有留心这些细节。直到吃完饭，他们一直都在不停地嬉笑、唱歌、猜谜语。

"两个圆追两个圆，永远也追不上。"

小姐妹假装在猜。由于回忆起上午的事，她们心中感到内疚，就没心思动脑筋了。

"你们猜不着吗？这可简单极啦。承认猜不着吧？好。谜底是这样的：汽车的两个后轮跟着两个前轮跑。哈哈！"

爸爸妈妈笑得直不起腰来。吃完饭后小姐妹收拾餐具时，他们到牲口棚去，牵驴子去种土豆。

"喂，驴子呀，该出工啦！"

"非常遗憾，"驴子说，"我只有两条腿，怎么为你们干活呀？"

"两条腿！你跟我们瞎扯什么？"

"唉！就是只有两条腿嘛。我连站起来都困难，可你们还叫我出工。"

主人走过去，凑近驴子一看，它果然只有两条腿——一条前腿和一条后腿。

"啊！真奇怪，这牲口早晨还是好好的四条腿……嗯，咱们去牵牛吧。"

牲口棚里光线昏暗，刚进去时看不大清楚。

"唉，牛呀！"主人站得老远喊，"只好请你陪我们去上工了。"

"肯定不行了。"昏暗的牲口棚里有两个声音回答道，"真是抱歉，我们没有身子。"

"你们没有身子？"

"最好你们自己过来瞧瞧吧。"

主人走过去，拴牛的地方果然空空如也。无论凭眼睛看或是用手摸，都没有发现牛身，只有两对牛角在喂草架上摇晃。

"这牲口棚里出了什么事呢？真奇怪。咱们瞧瞧马去。"

马拴在牲口棚尽头，那儿的光线最暗。

"唉，听话的马儿呀，你愿意陪我们去上工吗？"

"愿为主人效劳。"马回答说，"但是，如果叫我拉车可不行，我太小了。"

"嗯？太小了？"

来到牲口棚尽头，爸爸妈妈惊叫了一声。在昏暗中，他们看见稀疏的垫草上站着一匹小得出奇的马，它的整个身子还没有公鸡的一半大。

"我长得娇小可爱，对吧？"它这样对主人说，简直像在嘲弄他们似的。

"多么不幸啊！"爸爸悲叹道，"它本来是一头非常标致、精悍的牲口啊！可到底出了什么事呢？"

"我不知道，我一点也不明白。"马支支吾吾地回答，神情令人深思。

询问驴子和牛，它们的回答同样含含糊糊。

爸爸妈妈意识到家畜们有什么事瞒着他们。他们回到厨房，带着猜疑的神色打量了小姐妹一会儿。每当农庄里发生不寻常的事，他们首先要责怪小姐妹。

"哎，老实告诉我们，"爸爸妈妈生气地说道，"我们不在家时，发生了什么事？"

姐妹俩瞠目结舌，吓得要死，只是比了比手势，表示不知道。这时，爸爸妈妈四个拳头往桌子上一砸，吼道："你们到底说不说，小淘气鬼？"

"豆荚，摘豆荚。"德尔菲纳好不容易才小声地迸出了这句话。

"割苜蓿。"玛丽纳特悄声补充说。

"是怎么搞的？驴子只剩下两条腿，牛没了身子，我们那标致的大马，变得只有一只小兔子那么大。这到底是怎么回事呀？唉，快讲实话吧。"

小姐妹还不知道这个可怕的消息，一听吓呆了。但她们也不大明白这是怎么一回事。今天上午，她们兴致勃勃地画像，强求她们的模特接受她们的写生方式。对于初学画画的人，往往会发生这种情况。家畜们却把这种事看得十分认真。由于伤了自尊心，它们回到牲口棚后，一直对牧场上发生的事冥思苦想，以至于它们各自很快变成了画像上那副模样。当然，小姐妹的画并没画错，但引起这场可怕意外的主要原因，是她们没有听爸爸妈妈的话。她们正打算认错的当儿，一眼看见鸭子从门缝里又是眨眼睛，又是摇头。这让小姐妹稍稍恢复了镇静，结结巴巴地回答说，她们的确不知道是怎么回事。

"你们装糊涂，"爸爸妈妈说，"好吧，你们就装糊涂吧。我们去请兽医来看看。"

小姐妹吓得身体有些发抖了。兽医是个非常机灵的人，他只要看一看家畜的眼白，摸一摸它们的四肢和瘤胃，就会弄清问题的真相。姐妹俩仿佛已经听到了兽医的声音："瞧，瞧，我看它们都患了颜料病。今天上午有人画过画吗？"用不着说更多的话就会真相大白。

爸爸妈妈出发了。德尔菲纳把刚才发生的事讲给鸭子听，并说出了对懂科学的兽医会弄清事情真相的担心。

鸭子非常机灵，马上说道："别耽搁时间，快带上绘画颜料，咱们把变成畸形的家畜领进牧场，重新画过。"

小姐妹首先放驴子出来。这事可不容易，因为要驴子用两条腿走路而又不栽跟头，是非常困难的；而且到了牧场上还得在它肚子下垫一条凳子，不然它就立不稳。牵牛倒容易，几乎只是陪着它们走就行了。当时，有一个过路人看见两对牛角悬在空中，穿过院子，感到十分吃惊，但他以为是自己的视力减退造成的误会。马走出牲口棚时，起初有点害怕与狗见面，狗在它面前像一个庞然大物。可它立刻觉得好笑，说："我周围的一切真大呀，我的个子却是小小的，真有意思！"

但它转眼又改变了看法，因为公鸡看见可怜的小马，气冲冲地跑到它面前，凑近它的耳朵说："啊！啊！先生，咱们是冤家路窄哟。但愿你没忘记，我说过要揍你。"

小马吓得浑身战栗。鸭子竭力劝和，但无济于事。小姐妹却哭笑不得。

"让开，"狗说，"我去把它吃掉。"

狗露出獠牙，向公鸡扑过去。公鸡没吭一声就逃走了，逃得老远老远的。可怜的公鸡躲藏了三天，大家才又看到它。它还是一副垂头丧气的样子。

当马、驴子和牛都被带到牧场上，鸭子清了清嗓子，说道："我的老朋友们，你们可知道，看到你们这副畸形的模样，我多难受啊！两头白牛，过去那么漂亮，大家一见就感到快乐，如今却没有了身子；举止姿态特别优美的驴子，可怜地拖着两条腿；而我们高大标致的马，竟成了一个干瘪枯瘦的小东西。想到这些，叫人多伤心呀。我心里不是滋味，更何况这些不可思议的意外，纯粹是误会引起的。唉，完全是误会。小姐妹从来没存心欺侮谁。正相反，你们的不幸，她们同我一样难过。我深信你们自己也很苦恼。为此，你们别再固执了，要紧的是快些恢复原状。"

但是变成畸形了的家畜们都愤愤不平，沉默不语。驴子低下头，怒容满面地看着自己的独前蹄；马呢，虽然心里还吓得扑通扑通直跳，脸上仍然显出怨怒的表情；至于牛，由于没有身子，看不出它们的神态，但是，只要瞧瞧那毫无表情、纹丝不动的牛角，一切都会明白了。

驴子首先开口，它冷冰冰地说："我只有两条腿，好嘛，我只有两条腿，没什么可恢复的。"

"我们没有身子，"两头白牛说道，"做什么我们都无能为力了。"

"我是小虾米，"马也说，"算我倒霉。"

事情进行得并不顺利。出现了一阵沉默，这沉默令人沮丧，但是畸形的家畜们的执拗激怒了狗。狗转身责备小姐妹："对这些讨厌的家伙，你们也太仁慈了。把它们交给我，让我去咬咬它们的腿肚子看。"

"要咬我们？"驴子说，"哦！好啊，你敢这么做！"

接着，它开始说讽刺的话，两头白牛和马也跟着风言风语。

"啊！那是开玩笑。"鸭子赶忙劝解说，"狗纯粹是想开开玩笑，但有些事你们还不知道哩，主人刚才出发请兽医去了。不出一小时，兽医就会来检查，他不费吹灰之力就会弄清真相。今天上午，主人本来不准小姐妹画画，可她们没有听话。既然你们这样固执，她们就只好挨骂、受处罚，甚至挨打了。"

驴子看了看玛丽纳特，马瞧了瞧德尔菲纳，牛角呢，在空中晃了晃，好像转身面向小姐妹了。

"当然，"驴子低声说，"用四只脚走路比用两只脚走方便，那可舒服多啦。"

"牛有角无身，这显然是大家不常见的。"两头白牛说。

"从高处往低处看人识物，还是要神气些。"马也叹息说。

趁大家怒气稍稍平息，小姐妹拿出绘画颜料，重新开始画像。

这一回，玛丽纳特小心翼翼地给驴子画上了四条腿；德尔菲纳画了马，并在马脚下按标准比例画了一只公鸡。像很快画完了，鸭子见了兴高采烈，驴子和马表示十分满意。然而，驴子依然拖着两条腿，马也丝毫没变大。大家感到十分失望，连鸭子也开始不安起米。鸭子问驴子是否缺腿的那边有点痒，又问马有没有觉得皮肤有点紧。可它们回答说毫无这种感觉。

"时间太短了。"鸭子对小姐妹说，"我深信你们画好白牛的时候，一切都会如意的。"

德尔菲纳和玛丽纳特一人画一头白牛。她们都先画牛角，画牛身时，她们没有忘记第一次的教训。为了画出白牛的身子，她们选用了灰色的图画纸。牛雪白的身子在画面上清晰地显露出来了。两头白牛看了非常满意，认为画得栩栩如生，但仍然只见牛角，不见牛身。马和驴子始终没有恢复原状的感觉。鸭子难以掩饰心中的忧虑，它的好几片羽毛都因此而失去了光泽。

"咱们等一等。"它说，"咱们再等一等。"

又过了一刻钟，畸形的家畜们仍然毫无变化。鸭子发现一只鸽子在牧场上觅食，就过去对鸽子嘀咕了些什么。鸽子飞走了，一会儿又飞了回来，栖息在一只牛角上，说："我看到拐弯路口处有一辆汽车开过来了，里面坐着爸爸妈妈和一个陌生的男人。"

"兽医！"小姐妹异口同声地叫道。

是的，肯定是兽医，而且他的车不会耽搁，顶多再有几分钟就到这儿了。看到小姐妹惊愕不已，想到怒气冲冲的主人，家禽家畜个个心情沉重。

"唉，"鸭子说，"你们再努点力看看。你们要知道，这一切都是你们的过失，都是因为你们一个个脾气执拗造成的。"

驴子使劲晃了晃身子，想要恢复双腿样貌；两头白牛直挺挺地甩了甩牛角，想现出身子的真容；马猛吞了一口气，想让身子胀大，但都无济于事。

可怜的家畜们都感到惶恐不安。过了一会儿，马路上传来了汽车的马达声，大家都觉得没有希望了。小姐妹面色苍白、浑身发抖、无可奈何地等待着聪明的兽医的到来。驴子难过地跛着两只脚，来到玛丽纳特跟前，开始舔她的手，想请她原谅，并对她说几句安慰的话。可是因为太激动，它的声音哽咽了，热泪夺眶而出，滴到了画面上。这是饱含友谊的泪水，一经滴到画面上，驴子立即感到整个身体右侧剧烈疼痛，顿时恢复了健全的四肢。这对大家是一大安慰，小姐妹重新有了信心。说实话，时间已经很紧迫了。现在，汽车离农庄院子只有一百米远了。鸭子明白了个中原因，它立刻叼起马的画像，放到马的鼻子下，喜出望外地接到了一滴泪水。只见马一个劲地长，十秒钟之内就长得和原来一样大小。这时候，汽车离农庄院子只有三十米远了。

向来不容易激动的两头白牛，开始对着自己的画像沉思起来。其中一头因为挤出了一滴泪水，在汽车进入院子时现出了身子。小姐妹高兴得差点儿鼓起掌来，但鸭子还是愁眉不展，因为还有一头白牛没有身子。这头牛倒十分诚恳，但它不擅长流泪，大家从来没有看见它哭泣过。它心里激动，也想流泪，可是连眼角都没湿润。

时间紧迫，车上的人都下车了。狗根据鸭子的命令，跑上前去迎接他们，好把他们缠上一会儿。当它向兽医表示热烈欢迎的时候，用力过猛，兽医摔了一个嘴啃泥。主人满院子跑，发誓要找根棍子把狗痛打一顿。然后，他们才想起把兽医扶起来，又给他刷了刷衣服。这样又过了五分钟。

在这几分钟里，在牧场上，大家都忧虑地望着那对没有身子的牛角。虽然它诚心诚意地做了努力，可怜的牛却挤不出一滴泪水来。

"我请求你们原谅，我实在流不出泪水。"它这样对小姐妹说。

一时间，大家都感到失望了，连鸭子也丧失了信心，只有刚才恢复了身子的那头牛还稍微保持了冷静的头脑。它想起当年它们还是牛犊时一起唱过的歌。歌词的开头是这样的：

一头牛犊，孤苦伶仃，

喝着牛奶，

哞、哞、哞，

它看见另一头牛犊，

吃着青草，

哞、哞、哞。

这是一首有点忧郁的歌，听了令人伤感。的确，它刚唱完第一段，就收到了预期的效果。那对没有身子的牛角微微颤抖了一下，可怜的牛叹息了几声，眼角噙了一颗泪珠，但泪珠非常小，流不出来。幸亏德尔菲纳发现了晶莹发亮的泪珠，用笔尖蘸起来，点在画面上。顿时，这头白牛也有了身子，既看得见也摸得着了。正好，这时爸爸妈妈领着兽医出现在牧场边。看到两头白牛和驴子平平稳稳地站着，马也恢复了高大的身躯，爸爸妈妈惊诧得瞠目结舌。

兽医摔了一跤，一肚子怨气，用讥讽的口吻问道："唉！这就是没有身子的那两头白牛、少了两条腿的驴子和变得比兔子还小的马吗？我怎么看不出它们有病痛呢？"

"这，这真不可思议。"爸爸妈妈结结巴巴地说，"刚才在牲口棚里……"

"你们是做了场梦呢，还是刚吃过一顿美味的饭菜花了眼呀？我看哪，你们自己倒该请大夫治治。不管怎么说，让我白跑路，这我可不喜欢。"

由于爸爸妈妈连连道歉，兽医的态度才变得温和了些。他指着德尔菲纳和玛丽纳特说："这一回嘛，我原谅你们，因为你们有两个漂亮的小女儿。只要瞧上她们一眼，立刻就知道她们是聪明的、听话的孩子，对吧，小姑娘？"

小姐妹满脸绯红，不敢吱声，但鸭子却不知害臊地回答说："哦！是的，先生，没有比她们更听话的姑娘了。"

会搔耳朵的猫

傍晚，爸爸妈妈从地里收工回家来，发现猫正在水井栏上忙着洗脸。

"哦。"他们说，"这猫又在搔耳朵，明天还得下雨。"

第二天，果然下了一整天雨，根本无法下地干活，爸爸妈妈心里烦躁。他们看见德尔菲纳和玛丽纳特在厨房里做什么"鸽子飞""抓子""填十字""喂洋娃娃""狼，你在哪里"的游戏，就更不耐烦了。

"只知道玩。"爸爸妈妈低声责备道，"这么大的女孩子，都快满十岁了，还这样贪玩。为什么不做点针线活，或者给舅舅写封信呢？那才是正经事。"

爸爸妈妈教训了小姐妹，又开始指责坐在窗边看雨的猫："这家伙也是一样，成天一副懒相。从仓库到地窖，不知道有多少耗子跑来跑去，它就是不管，只知道饭来张口，坐享清福。"

"你们呀，什么事总爱吹毛求疵。"猫回答说，"白天嘛，就该睡觉、娱乐。夜晚我忙着在仓库里钻来钻去捉耗子，你们怎么不跟在我身后赞扬几句呀。"

"好啦，你的歪道理倒是不少。"

天快黑了，雨还是下个不停。爸爸妈妈在马房里忙碌的时候，小姐妹开始围着桌子转圈玩耍。

"你们可别这么玩耍。"猫说，"这样会打烂东西，爸爸妈妈会责备你们的。"

"要是听你的呀，我们就什么也别想玩了。"德尔菲纳回答道。

"就是嘛。"玛丽纳特说，"照阿尔封斯的说法(阿尔封斯是她们给猫取的名字)，除了睡觉，就没事可干了。"

阿尔封斯不再管她们。小姐妹又围着桌子跑。这张桌子正中摆着一只上了彩釉的陶瓷盘。这盘子在家里已有一百来年了，爸爸妈妈十分珍惜它。德尔菲纳和玛丽纳特跑得高兴了，抓住一只桌子脚，也没注意桌子上有没有东西，就搬着往上抬。盘子轻轻地滑到瓷砖地上，碎成了几块。猫呆坐在窗边，连头也不回。小姐妹再也没有心思玩了，只觉得耳朵发烫。

"阿尔封斯，我们把陶瓷盘打烂了，怎么办呀？"

"把碎片捡起来，扔到沟里去吧，爸爸妈妈也许不会发现……不行，来不及啦，他们来了。"一见到陶瓷盘被打碎了，爸爸妈妈火冒三丈，几步跨进厨房。

"淘气的丫头！"他们高声叫骂，"这盘子是咱家的传家宝，竟然给你们打碎了！你们两个淘气鬼，就会败家，得处罚处罚你们才行。今后不准再玩耍，开饭时只准吃面包！"

爸爸妈妈认为这样的处罚还太轻，互相商量了一阵之后，又对两个小姐妹说："不，不罚你们光吃面包了。明天如果不下雨的话，你们就去看望麦莉纳婶婶吧！"

德尔菲纳和玛丽纳特一听说要她们去看望麦莉纳婶婶，就吓得脸色发白。她们双手合掌，苦苦哀求爸爸妈妈不要让她们到麦莉纳婶婶那里去。

"哀求也不顶用！如果不下雨，你们就去麦莉纳婶婶家，给她捎一盒果酱罐头去。"

麦莉纳婶婶是一个吓人的女人。她不修边幅，头发蓬乱。每当小姐妹去看望她时，她总要不厌其烦地亲吻她们，还扯乱她们的头发。另外，麦莉纳婶婶觉得她的两个外甥女十分像她，还说，到年底，她们就会长得同她一模一样了。这叫她们一想起来就觉得害怕。

"可怜的姑娘们，"猫叹息说，"就因为打破了一个已经有缺口的盘子，这处罚也太过分了。"

"关你什么事？你这样维护她们，这盘子说不定是你和她们一块儿打烂的吧？"爸爸妈妈气愤地说。

"哦！不是。"小姐妹说，"阿尔封斯一直待在窗户旁边。"

"别说啦。哼！你们是一伙的，互相包庇。你们没有哪个顶得了用，更不用说一只成天只晓得睡懒觉的猫了……"

"你们这么看待我，"猫说，"我宁愿离开这个家。玛丽纳特，把窗户给我打开吧。"玛丽纳特打开窗户，猫就跑到院子里去。雨刚刚停，云已经被风吹散了。

"天正在转晴。"爸爸妈妈说，"明天将是好天气，你们正好到麦莉纳婶婶家去……算了，你们也哭够了，哭又补不好盘子，到农具库里抱点柴火来吧。"

小姐妹来到农具库。猫正蹲在柴堆上洗脸，德尔菲纳泪流满面地凝视着它。

"阿尔封斯！"玛丽纳特破涕为笑，愉快地叫了一声。这使她姐姐感到非常惊诧。

"什么事呀，我的小姑娘？"猫问道。

"我想到了一个办法。假如你愿意，咱们明天就可以不去麦莉纳婶婶家了。"玛丽纳特说。

"那再好不过啦。可惜我说的话对爸爸妈妈都不顶用。"猫回答。

"并不需要你对爸爸妈妈说什么。他们不是说天不下雨，才要我们到麦莉纳婶婶家去吗？"

"那又怎么样？"

"那你就只管搔耳朵，明天一下雨，爸爸妈妈就不会叫我们到麦莉纳婶婶家去了。"

"咦，对呀。"猫说，"我倒没想到，这主意确实好。"

它赶紧开始搔耳朵，一连搔了五十多下。

"今天晚上，你们可以安心睡觉了。明天下大雨，没有谁敢出门。"

晚饭时，爸爸妈妈谈了许多关于麦莉纳婶婶的事。他们把要送给麦莉纳婶婶的果酱罐头也准备好了。

小姐妹勉强装出一本正经的样子。有好几次，玛丽纳特的目光同她姐姐的目光相碰时，她都假装哽住了，以免笑出声来。临近睡觉的时候，爸爸妈妈又探身窗外看了看天色。

"今晚的夜色可真美，"他们说，"从来没见过天上有这么多的星星。明天一定是晴天，路好走。"

但是，第二天，天灰蒙蒙的，一大早就开始下起雨来。"不要紧，"爸爸妈妈说道，"这雨下不了多久的。"他们让小姐妹穿上裙子，头上扎了粉红色的发带。但是，从早到晚，雨下个没完。于是小姐妹只好又脱下裙子，解下头上的粉红色发带。

可是爸爸妈妈说："这事只不过推迟一天罢了，你们明天去看她好啦。瞧！天又开始亮了。现在是五月，要是连下三天大雨，那才怪哩。"

当天晚上，猫洗脸时，又搔它的耳朵，于是第二天又下了一场大雨。同昨天一样，小姐妹又不能到麦莉纳婶婶家去了。眼看连续下了两天雨，迟迟处罚不了小姐妹，加上又无法下地干活，爸爸妈妈开始发脾气了。他们为一点小事就要对女儿们发脾气，骂她们贪玩，只会打烂盘子。

　　"你们到麦莉纳婶婶那里去，她会有好吃的给你们。"他们又补充说，"只要天气转晴，你们一早就动身。"在他们气极了

的时候，猫也成了他们的出气筒，一个用扫帚打，一个用木屐踢，骂它不中用，游手好闲。

"哦！哦！"猫说，"我没想到你们会这样不讲理，不分青红皂白就打我。但是，我老实告诉你们吧，你们这样做是会后悔的。"

要不是爸爸妈妈惹猫生气，雨肯定下不长，因为猫喜欢爬树，喜欢到田野上和树林里去跑跑。但是，为了不让它的朋友们因为探望麦莉纳婶婶而感到痛苦，它虽然闷得心慌，也只好在家里待着；同时，挨木屐踢和扫帚打的滋味记忆犹新，不用小姐妹恳求，它自个儿就会搔耳朵了。从此，它把搔耳朵当作自己的事。雨从早到晚，下个不停，一连下了整整一星期。爸爸妈妈不得不待在家里，眼看庄稼烂了，也无计可施。这样一来，他们把打碎陶瓷盘和探望麦莉纳婶婶的事全给忘了。但是，他们对猫却更加看不顺眼了。他们俩经常在一起嘀嘀咕咕，可谁也不知道他们在商量些什么。

雨连续下到第八天了。这天清早，德尔菲纳和玛丽纳特一起床就看见爸爸妈妈在厨房里缝口袋，桌上还放着一块起码有三斤重的大石头。他们说缝口袋是为了装土豆到车站去办托运。这时候，猫进了厨房，它客客气气地向大家致意。

"阿尔封斯，"主人对它说，"炉子旁边有一大碗鲜牛奶，你去喝吧。

"谢谢主人，你们可真好。"猫回答说，但同时它又感到有些诧异：主人今天怎么对我这么好呢？

猫正在喝鲜牛奶的时候，两个主人突然一人抓住它的一条腿，倒提起来把它装进口袋里，又把那三斤重的石头也塞进口袋，然后用结实的细绳缝了袋口。

"你们怎么啦？"猫在口袋里边挣扎边叫道，"主人，你们的头脑发昏了吗？"

"你还问怎么啦？"主人说，"现在雨水已经够多了，我们不需要每天晚上搔耳朵的猫了。既然你这么喜欢水，五分钟后我们就送你到河底洗脸去，你要多少水就会有多少水……"

德尔菲纳和玛丽纳特又哭又叫，她们不同意把阿尔封斯扔下河去。但爸爸妈妈无论如何也不愿意留下这个总让天下雨的讨厌的家伙。阿尔封斯咪咪直叫，发疯似的在口袋里乱蹦乱跳。玛丽纳特隔着口袋拥抱着它；德尔菲纳跪在地上替它求情，要爸爸妈妈饶它一命。"不行，不行！"爸爸妈妈大声叫道，"对这只坏猫，绝不能同情！"这时，他们发现已快八点了，到车站恐怕来不及了，便匆匆忙忙戴上斗笠，披上带风帽的雨衣。

临走时他们对小姐妹说："现在，我们没有时间到河边去了，等我们中午回家后再说。从现在到中午，你们不准打开口袋。要是中午我们回来，阿尔封斯不在口袋里，你们就马上到麦莉纳婶婶家去待六个月，也可能一辈子你们也别想再回到家里来。"

但爸爸妈妈刚一出门，德尔菲纳和玛丽纳特就把口袋拆开了。猫从口袋里伸出脑袋，对她们说："小姑娘，我知道你们的心地善良。但是，假如我为了自己逃命，眼睁睁地看着你们到麦莉纳婶婶家去受六个月甚至更长时间的罪，我会伤心死的。我宁愿自己被扔下河去，也不愿让你们去受那种罪。"

"麦莉纳婶婶并不像大家所想象的那样可怕，"小姑娘说，"何况六个月转眼就会过去的。"

但是，猫无论如何也不答应。为了表示它已经下定了决心，它又将头缩进了口袋。德尔菲纳继续劝说猫赶快逃命，玛丽纳特则来到院子里，请鸭子出点主意。鸭子正冒着雨在水洼里戏水。它善于思考，做事认真。为了能够冷静地、周密地考虑问题，它把头藏到了翅膀下面。

"我绞尽脑汁也是枉费心机。"鸭子最后说，"我想不出说服阿尔封斯逃跑的好办法。我了解它，它很固执。如果现在我们强迫它出来，爸爸妈妈回来的时候，它还是会跑到他们面前去的，这是谁也挡不住的。而且，我觉得它这样做还是很有道理的。假如你们是由于我的过失而受了连累，不得不到麦莉纳婶婶家去受罪，那么，我良心上也会觉得过不去的。"

"可我们呢？要是溺死了阿尔封斯，难道我们的良心就不会感到痛苦吗？"

"当然会啰，"鸭子说，"当然会。可是，应该想出一个两全其美的办法来。我想了一阵，但还是不知道怎么办才好。"

玛丽纳特打算请农庄里所有的家禽家畜来想想办法。为了抓紧时间，她决定把它们统统都叫到厨房里来。马、狗、公牛、母牛、猪和其他所有的家禽家畜全都到了，它们都在小姐妹指定的位置上坐下，围成一个圆圈。猫在圆圈的正中，但它只同意把头伸出口袋来。鸭子站在猫旁边，把情况告诉了家畜们。它一讲完，大家都静静地思索起来。

"谁有办法吗？"鸭子问道。

"我有办法。"猪应声回答，"我看这样办：中午主人回家来，我去给他们讲道理。我要让他们为产生这样的念头而感到羞愧。我要对他们讲，家禽家畜的生命是神圣的，把阿尔封斯扔下河去是骇人听闻的罪行。他们一定会听从我的劝告。"

鸭子点了点头，表示赞同猪的观点。但是它知道，在主人的心目中，猪老早就该进腌肉缸了，它的话是不会顶用的。

"还谁有办法？"

"我。"狗答道，"这件事，你们尽管放心交给我来办好了。当主人来扛口袋的时候，我就咬住他们的腿肚子，直到他们把猫放出来才松口。"这主意倒不错。但是，德尔菲纳和玛丽纳特虽然想救猫的命，却又不愿意爸爸妈妈被狗咬。

"再说，"一头奶牛补充说，"狗过分唯命是从，它不会有胆量去咬主人。"

"对嘛，"狗叹息说，"我又过分唯命是从啦。"

"我有一个十分简单的办法，"一头白牛说道，"阿尔封斯只管从口袋里出来，我们再塞一块木柴到口袋里去就得啦。"

白牛的话受到大家的赞扬，但猫却摇了摇头说："不行。主人发现口袋里没有动静，既没有说话声，也没有呼吸声，他们一下子就会识破的。"

应该承认，阿尔封斯说得十分有道理，家禽家畜们都感到有点灰心丧气了。沉默了一会儿，马说话了。这是一匹毛都掉光的、站起来脚直打战的老马，主人已经不再用它，打算把它卖给马肉铺了。

"我活不长了。"它说，"反正总得死，但我想要死得有意义。阿尔封斯年轻有为、前途无量。因此，我想调我进口袋去替换它。"

大家对马的建议十分感动。阿尔封斯激动万分，一下子蹦出口袋，弓起身子抚摸马的长腿。

"你是我最好的朋友，你是最无私的家畜。"它对老马说，"如果我走运不被淹死的话，我将永远不会忘记你这种伟大的牺牲精神。我打心眼里感谢你。"

德尔菲纳和玛丽纳特抽抽噎噎地哭了起来。猪呢，它也很动感情，放声痛哭。猫用脚爪擦了擦眼泪，继续说："可惜你的主意是行不通的。就算我答应接受你如此诚挚的建议，可是这个口袋只能装得下我，要用它来装你显然是不行的，就连你的头也塞不进去。"

小姐妹和家禽家畜们这才恍然大悟，替换的办法是不行的。老马站在阿尔封斯身旁，他们的大小是如此悬殊，以致一只不懂礼貌的公鸡，放声大笑起来。

"笑什么？"鸭子气愤地说，"现在谁还有心思笑？你只知道捣蛋，请你出去。"

"你别多管闲事！谁找你说话啦？"

"天哪！它多不知趣哟。"猪不满地说。

"滚出去！"所有家禽家畜都愤怒地大叫，"滚出去，不知趣的家伙！滚出去！"

公鸡的肉冠顿时绯红，它在一阵吆喝声中穿过厨房，到外面去了。它发誓要进行报复。因为天在下雨，它便到农具库去躲雨。几分钟后，玛丽纳特也到农具库来了。她在干柴堆里仔细地挑选着柴块。

"也许我能帮你找到你要找的柴块。"公鸡说。

"哦！用不着，我想找一根形状要……总之，形状要合适。"

"形状要像猫对吧？但是，正如阿尔封斯说的，主人肯定会发现的，因为柴块不会动呀。"

"它会动的。"玛丽纳特回答，"鸭子有办法……"

因为在厨房里大家都说要提防着公鸡，玛丽纳特就不往下说了。她拿起选好的柴块，离开了农具库。公鸡目送着玛丽纳特进了厨房。过了一会儿，公鸡又看见德尔菲纳同猫一起从厨房出来。德尔菲纳把仓库门打开，让猫进去，自己则守在门口。公鸡眼睛瞪得溜圆，弄不清这是怎么回事。德尔菲纳不时走近厨房窗口，焦急地问："几点啦？"

"差二十分到十二点。"玛丽纳特回答。过后，她又告诉德尔菲纳："十二点差十分……十二点差五分……"

猫却不再露面了。

除了鸭子，所有的家禽家畜都离开厨房各自选了一个地方去躲雨。

"几点啦？"

"十二点了。似乎有……你听见了吗？有汽车的响声，肯定是爸爸妈妈回来啦。"

"算了。"德尔菲纳说，"我去把阿尔封斯关在仓库里……到麦莉纳婶婶家住六个月也不会怎样的。"

她正准备伸开手臂去关仓库门，却看见阿尔封斯从里面跑出来，嘴里含着一只活老鼠。爸爸妈妈的汽车开得飞快，已经在公路上出现了。

德尔菲纳跟在猫身后冲进了厨房。玛丽纳特打开她已经放进了柴块的口袋（为了让柴块显得柔软些，她还在柴块上包了一些破布）。阿尔封斯把老鼠一放进口袋，袋口立即就被缝好了。爸爸妈妈的汽车这时已经开进花园了。

"老鼠，"鸭子把嘴凑近口袋说，"猫好心饶了你一命，你也得帮它一个忙。你听见了吗？"

"我听见了。"老鼠细声细气地回答。

"我们把你同柴块一起放在口袋里，你要在柴块上不停地走动，让人觉得是柴块本身在动。"

"这事好办。然后呢？"

"然后会有人来扛口袋，并把它扔下河去。"

"原来如此！但是……"

"什么但是不但是……口袋底部有一个小洞，假如需要的话，你可以把它弄大一些。你一听到狗在你耳边叫就跑出来。但是狗叫之前，你不能往外跑，否则，狗是会咬死你的。特别要注意的是，不论发生什么事情，你都不能叫唤，也不能说话。

爸爸妈妈的车开进了院子。玛丽纳特将阿尔封斯藏进一口木箱里，把口袋放在木箱盖上。

当爸爸妈妈停车时，鸭子离开了厨房，小姐妹把眼睛搓得通红。

"什么鬼天气！"爸爸妈妈进门就嚷道，"雨水把我们的雨衣都浸透了。这都是这只坏猫干的。"

"要不是你们把我装进口袋里的话，"猫说，"我是会同情你们的。"

猫躲在木箱里，它的声音变得稍稍小了一些；但它正好在口袋下面，声音听起来就像是从口袋里发出来的。老鼠在柴块上跑来跑去，弄得口袋布一动一动的，活像是猫在挣扎。

"我们不需要你的同情，还是想想你自己吧。你被关得恼火了吧？但你是罪有应得的！"

"啊，主人，我知道你们表面上看起来很凶恶，实际上心地是很善良的。放我出来吧，我会原谅你们的。"

"原谅我们？瞧它这张嘴……莫非是我们让天下雨，一连下了一个礼拜吗？"

"哦，不，不。"猫说，"你们还没那本事。不过，那天是你们错打了我。你们打得我好痛，真是黑良心！"

"哦！你这只坏猫，"主人大声嚷道，"竟敢骂起我们来了。"

他们一气之下，抓起扫帚就往口袋上打。包着烂布的柴块痛挨了一顿，而老鼠呢，它惊恐万状，在口袋里乱蹦乱跳，但不敢吱声，阿尔封斯则在木箱里发出痛苦的惨叫。

"这样你可舒服啦？你还骂不骂我们黑良心？"

"我再也不说你们好歹了。"阿尔封斯说，"你们爱怎么说就怎么说好啦，我再也不理你们了。"

"随你的便，坏小子。我们马上就到河边去。"

尽管小姐妹又吵又闹，但爸爸妈妈提起口袋就出了厨房。狗早就在院子里等待他们了。它装出惊愕的样子，跟在他们后面。

他们经过农具库的时候，公鸡问道："主人，你们是打算把可怜的阿尔封斯丢进河里吧？但它恐怕已经死了，就像一块干柴那样一动也不动了。"

"这很有可能。它刚才挨了一顿扫帚把，不死也只有半条命了。"爸爸妈妈瞧了瞧口袋，补充说，"我们痛打了它一顿，它就规规矩矩，一动也不动了！"

"这是值得考虑的，"公鸡说，"你们的口袋里到底装的是块干柴呢，还是猫？"

"是猫。它刚才还在说话，它说它再也不理我们了。"

这样，公鸡也就不再怀疑口袋里装的是干柴了。

这时，阿尔封斯早已跳出木箱，在厨房里同小姐妹一起跳圆圈舞了。鸭子在一旁观看他们嬉戏，自己也很愉快；只是一想到主人可能会发现猫不在口袋里，它又深感不安。

"现在，"当舞跳完时，鸭子说，"我们得考虑下一步该如何行事了。我们绝不能让主人回家时看见猫在厨房里。阿尔封斯，你现在马上藏到顶楼仓库里。记住，白天千万别下来。"

"每天晚上，"德尔菲纳说，"你在农具库里会找到食物和一碗奶。"

"白天我们会去顶楼仓库向你问好。"玛丽纳特说。

"我呢，我会到你们房间去看望你们。晚上睡觉的时候，你们把窗户微微开着吧。"猫对小姐妹说。

小姐妹和鸭子一起送猫到仓库去。他们到达仓库时，正遇见老鼠也逃回仓库来了。

"怎么样？"鸭子问道。

"我全身都湿透了。"老鼠说，"我冒雨跑回来，这段路可真长。你们要知道，我险些被淹死了。狗直等到主人走到河边要扔口袋时才叫。只差一点，他们就要把我连同口袋一起扔到河里去了。"

"看来，一切都很顺利。"鸭子说，"不过，别再逗留了，赶快进仓库去吧。"

爸爸妈妈回家来，发现小姐妹正在唱着歌摆餐具，这使他们很反感。

"可怜的阿尔封斯，它的下场看来并不怎么使你们伤心。它刚死，你们就这样嘻嘻哈哈吗？它真该结交一些比你们更忠实的朋友才好。实际上，它倒是一只好猫，是值得我们想念的。"

"我们心里可难过啦。"玛丽纳特说，"但是，它已经死了，我们也毫无办法呀。"

"阿尔封斯淹死了，它活该。"德尔菲纳说。

"说这种话，不讨我们喜欢。"爸爸妈妈又责备道，

"你们是没良心的孩子。我们真想送你们到麦莉纳婶婶家去一趟。"

吃饭时，爸爸妈妈悲伤得几乎不能下咽，可小姐妹却吃得很香。爸爸妈妈对她们说："看来伤心并没有败坏你们的胃口呀。如果可怜的阿尔封斯现在能够看见我们，它一定会明白谁是它真正的朋友了。"

吃完饭，他们不禁流下眼泪，用手绢捂住鼻子呜咽起来。

"哦，爸爸妈妈，"小姐妹劝道，"你们要坚强些，别老是哭泣。哭是不能使阿尔封斯复活的。当然，是你们把它装进口袋，给痛打了一顿后扔下河去的；但是，这也是为了咱们全家的利益，为了让咱们的庄稼能够得到阳光。你们要想开些。你们刚才出发到河边去时，还是那样坚定，那样愉快的嘛！"

这一整天爸爸妈妈都闷闷不乐的。可是第二天上午，天朗气清，田野上阳光灿烂，他们就一点也不再想猫了。

在随后的日子里，太阳一天比一天更火辣，田间的工作又多，他们再没有余暇去想猫的事，他们对猫的感情也日渐淡漠了。

对小姐妹来说，她们却并不需要想念阿尔封斯。猫几乎没有离开过她们。猫趁主人不在家，从早到晚都待在院子里，只有吃饭的时候才去躲起来。

夜晚，猫也会到小姐妹的房间里去，同她们一块儿玩。

一天傍晚，爸爸妈妈回到农庄，公鸡迎上前去，对他们说："我不知道是不是幻觉，我似乎看见阿尔封斯经常在院子里玩。"

"这只公鸡变傻了。"爸爸妈妈这样咕哝着走进屋去了。

但是第二天，公鸡又迎着主人说："阿尔封斯可能没有沉到河里去，我发誓，今天下午看见它同小姐妹在一起玩。"

"可怜的阿尔封斯让公鸡变得越来越呆傻了。"爸爸妈妈一边这么说，一边仔细地打量着公鸡。他们目不转睛地瞅着它，并低声地嘀嘀咕咕。

"这公鸡笨得可怜。"他们说，"不过气色倒挺好，就是吃了食物不长肉，继续养着它也没啥好处。"

第二天一大早，公鸡又准备说阿尔封斯如何如何的时候，就被捉住杀掉了。主人把它放进锅里炖好，一家人吃得可高兴啦。

阿尔封斯被"淹死"已经十五天了。十五天来，天朗气清，滴雨未下。爸爸妈妈刚开始很高兴，但后来又担忧了。他们说：

"这种天气不能延续太久，不然会太干燥的。能下场透雨就好了。"

连续二十三天都没有下雨，土地干得什么都不长了。小麦、燕麦、黑麦长不高，而且开始枯萎了。爸爸妈妈说："这样的天气哪怕再持续一天，一切都会烤焦的。"他们开始对把阿尔封斯丢进河里感到后悔了，并且把它的死归咎于小姐妹。

"要不是你们打烂陶瓷盘，它就还活着，可以让天下雨。"傍晚，吃过晚饭，他们坐在院子里，望着万里无云的天空，心里焦急万分。他们绝望地叫喊着阿尔封斯的名字。

一天早晨，爸爸妈妈到小姐妹房间里来叫她们起床。猫因为夜里同她们一起闲聊，一疲倦就倒在玛丽纳特的床上睡着了。听到开门声，猫已经来不及逃跑，就钻到棉被里去躲了起来。

"该起床啦。"爸爸妈妈说，"醒醒吧，太阳已经升得老高了，今天还是没有雨……啊！这个……"

他们没有继续说下去，却伸长了脖子，瞪圆了眼睛，看着玛丽纳特的床上。阿尔封斯以为自己已经藏好了，没想到它的尾巴还露在被子外面。德尔菲纳和玛丽纳特睡意未消，将头缩进了被窝。爸爸妈妈悄悄走上前去，四只手一起逮住猫的尾巴，把猫倒提起来。

"啊，原来是阿尔封斯！"

"对，是我。但是，放开我吧，你们提得我好疼呀。我将给你们说明事情的真相。"

爸爸妈妈把猫放在床上。德尔菲纳和玛丽纳特只得承认那天做了欺骗爸爸妈妈的事情。

"这也是为了你们好，"德尔菲纳最后补充说，"为了你们不会伤害一只可怜的猫。猫是不应该被丢进河里的。"

"但你们没有听大人的话，这是不对的。"爸爸妈妈责备道，"说话算数，你们赶快到麦莉纳婶婶家去吧。"

"那就这样办吧，"猫跳上窗台大声地说，"我也到麦莉纳婶婶家去。我就先走了。"

爸爸妈妈明白他们不该要小姐妹到麦莉纳婶婶家里去。他们同意让小姐妹留在家里，并且请求阿尔封斯也留在农庄里，因为，这关系到庄稼的收成。

当天傍晚，天气奇热，德尔菲纳、玛丽纳特、爸爸妈妈和农庄所有的家禽家畜，都到院子里围成一个圆圈。阿尔封斯坐在中间的一个方凳上。它先不慌不忙地洗了脸，然后又搔了五十多下耳朵。第二天上午，天开始下雨了，这是二十五天以来的第一场透雨，使人和家畜顿觉凉爽。在花园中、在田野里、在牧场上，一切植物都开始生长、返青。一个星期以后又发生了一件喜事，麦莉纳婶婶把头发梳整齐，并且结了婚。她同她的新郎定居到离小姐妹家一千公里远的地方去了。

值得重做的习题

爸爸妈妈把农具放在墙边，然后推开门，站在门口。德尔菲纳和玛丽纳特并排坐着，桌子上摆着草稿本。她们嘴里咬着笔杆，腿在桌子下面摆来摆去，扭过头去望着站在门口的爸爸妈妈。

"那道题做好啦？"爸爸妈妈问道。

小姐妹的脸红了。她们从嘴里取出了笔杆。

"还没有哩。"德尔菲纳可怜地回答，"老师说这道题可难做啦。"

"既然老师布置你们做这道题，那就是你们能够做嘛。可你们总是这个样子：提起玩，跑得飞快；可学习呢，没有一个争气的，全都像木头人。你们也得改一改了。瞧你们俩，都十来岁了，连道题也不会做。"

"我们已经想了两个小时啦。"玛丽纳特说。

"那么，你们继续想想吧。星期四下午（星期四下午为小学生假日）也用来做习题。不过，这道题必须今天晚上做好。"

一想到她们晚上也可能做不出习题，爸爸妈妈非常生气。他们几步跨进厨房，站在小姐妹身后，越过她们的头顶朝下一看，顿时气得说不出话来。原来德尔菲纳和玛丽纳特在画图画。一个在草稿本上画了个滑稽可笑的木偶人；另一个画了幢房子，房顶上炊烟缭绕，房子旁边有一个水塘，一只鸭子在里面游水。在一条长长的公路的尽头，邮递员正骑着自行车驶来……这时，小姐妹蜷缩在椅子里，不敢吱声。爸爸妈妈大吵大叫，说这简直叫人难以相信，他们不需要养这样的女儿。他们比比画画，在厨房里踱来踱去，不时地停下来，在瓷砖地上跺脚。他们吵得这样凶，最后连睡在桌子下面的狗也抬起了身子，走过来站在他们面前。这是一只布里牧羊犬。它很爱爸爸妈妈，但更喜欢德尔菲纳和玛丽纳特。

"哦，主人，这就是你们不对了。"狗说，"要把习题赶快做好，这既不是靠大吵大叫，也不是靠跺脚能办得到的。再说，外面天气这么好，干吗老要她们待在家里做什么习题呢？可怜的小姐妹也该玩玩嘛。"

"你说得倒好，可是以后呢？等她们长到二十岁，结了婚，傻头傻脑的，好让她们的丈夫笑话吗？"

"她们可以教丈夫玩藏球游戏，玩跳背游戏嘛。对吧，小姐妹？"

"对。"小姐妹回答说。

"你们住口！"爸爸妈妈吼道，"赶快做习题。连一道习题都做不好，你们应该感到害臊。"

"你们过分操心啦。"狗说，"如果她们做不出习题，你们有啥法子？她们不会做嘛。最好别要求太高了，我就是这么想的。"

"总不该让她们把时间花在乱画上……够啦，够啦，有啥必要和一条狗讨论哩！咱们走吧。你们呢，可别再贪玩啦！"

说着，爸爸妈妈离开了厨房，带上农具到地里给土豆锄草去了。德尔菲纳和玛丽纳特趴在草稿本上放声大哭。狗走到她们坐的两把椅子之间，抬起两只前脚爪，扒在桌子边，伸出舌头舔了舔她们的脸蛋。

"这道题确实难吗？"

"真是难死啦！"玛丽纳特叹息说，"我们连题意都弄不清楚。"

"假如我知道是什么问题，"狗说，"我也许会有办法。"

"我把题给你念念。"德尔菲纳说，"市镇林子的面积为十三公顷，每亩地里有三株橡树、两株山毛榉、一株桦树，求市镇林子里以上三种树各有多少株。"

"我跟你们的看法一样，"狗说，"这题可不简单。首先，什么叫一公顷呢？"

"我不大清楚。"知识最多的德尔菲纳说，"一公顷，这同一亩差不多。但是要说哪个大一点，我也拿不准。我认公顷要大一些。"

"不对。"玛丽纳特争辩说，"是亩大些。"

"别争了。"狗说，"管它亩大些还是公顷大些，这都没什么关系，我们不如先做题。市镇林子的……"

狗思考了很久很久……它偶尔摇摇耳朵，小姐妹以为有希望了，但实际上它并没有解出题来。

狗说："别气馁，习题再难也不要紧，我们一定能够解出来。我去把家里的家禽家畜都召集起来，咱们一起动动脑筋，总会有办法的。"

狗从窗口跳出去，在牧场上找到正在吃草的马，对它说："市镇林子的面积为十三公顷……"

"这很可能。"马说，"但我不明白这与我有啥关系。"

狗告诉马，小姐妹如何苦恼，马也立刻显得很难过，赞成发动农庄里所有的家禽家畜来解题。马来到院子里，嘶叫了三声后，又边敲响板边跳舞，声音就像是在擂鼓。听到马的呼唤，一只只母鸡、鹅、鸭、公鸡、猫，一头头奶牛、菜牛、牛犊和猪，都从四面八方纷纷赶来，在屋前排成三行，围成半圈。在窗下，狗站在小姐妹之间，把召集大家来的目的讲了一遍，然后开始念习题："市镇林子的面积为十三公顷……"

动物们静静地听着，思考着。狗转过身，向小姐妹眨了眨眼睛，表示很有希望。但过了好一阵，动物们只是议论纷纷，并无结果。大家原来对鸭子寄予厚望，可鸭子也毫无办法；鹅呢，它直叫头疼。

"这太难了。"大家七嘴八舌地说，"这道题，不是我们能做得出的。我们完全不懂题意。我们做不了。"

"开玩笑。"狗大声嚷道，"我们可不能让小姐妹为难呀。大家再想想看。"

"做这个习题有什么用？大家何必为它绞尽脑汁呢？"猪低声抱怨说。

"当然啰，"马说道，"你是不愿为小姐妹分担忧愁的。你是站在她们爸爸妈妈一边的嘛。"

"不，我是拥护小姐妹的。但我认为，像这种习题……"

"你别说啦！"

动物们重新开始思考习题，但结果与第一次一样。鹅的头越来越疼，奶牛们开始打瞌睡；马呢，尽管刚才还在专心致志地思考，这会儿思想也开了小差，在东张西望了。当它朝牧场那边望去时，发现一只小白母鸡正向院子走来。

"你倒不忙。"马用训斥的口吻对小白母鸡说，"像你这样拖拖拉拉像话吗？难道你没听见集合信号？"

"我当时正在下蛋。"小白母鸡冷冷地回答，"你总不会不准我生蛋吧？"

小白母鸡进入第一行，站在其他母鸡中间，便开始打听开会的目的。已经有点泄气的狗认为告诉它也没用。狗不相信大家都感到棘手的习题，小白母鸡能做得出来。但德尔菲纳和玛丽纳特却很同情小白母鸡，决定还是把开会的意图告诉它。于是狗又把刚才对大家讲过的重复了一遍："市镇林子的面积为十三公顷……"

"哎呀，我不明白是什么东西难住了你们。"当狗背诵完习题，小白母鸡就说，"我看这挺简单嘛。"

小姐妹激动得两颊泛出红晕，满怀希望地望着它。然而动物们却对小白母鸡非常不满，七嘴八舌地叫嚷起来："它什么也没想出来就说大话。"

"它只是想出风头罢了；它还不如咱们懂的事情多哩。它不过是一只无足轻重的小白母鸡……"

"得啦，还是让它讲讲看。"狗建议说，"猪，你别再瞎吵吵了；奶牛，你们也别说啦……好吧，你认为这道题该怎么做呢？"

"我再给你们说一遍，这题可简单极啦。"小白母鸡回答道，"你们都没想出该怎么做，我感到很吃惊。市镇林子就在旁边嘛，要知道市镇林子里的橡树、山毛榉和桦树各有多少株，唯一的办法就是去数。咱们一块儿去，我相信用不了一个小时就能数完。"

"啊！原来如此。"狗和马异口同声地说道。

德尔菲纳和玛丽纳特惊诧得不知说什么好。她们跪在小白母鸡面前，抚摸着它背上和嗉囊上的羽毛。小白母鸡谦虚地表示它并没有什么了不起，但家禽家畜们却都围过来向它祝贺；就连有点嫉妒它的猪也无法掩饰自己的钦佩之情，说："真没想到，这家伙还有两下子。"

马和狗招呼大家安静，接着农场所有的家禽家畜都跟随着德尔菲纳和玛丽纳特穿过马路，进入市镇林子。小姐妹教大家学会辨认橡树、山毛榉、桦树，然后，就把市镇林子按动物的数目分成了四十二片（不算小鸡、小鹅、小猫和小猪，它们的任务只是数草莓和铃兰的株数）。猪埋怨大家分给它的角落偏僻，那儿的树没有其他地方多。它嘀咕说，该把分给小白母鸡的那片林子安排给它数才合适。

"我可怜的朋友，"小白母鸡对猪说，"我不明白你为什么一定想要数我那片林子。人家说猪蠢，我看确实挺有道理的。"

"小傻瓜，你别神气，虽然你想出了解题方法，但这种解法谁都会。"

"叫我怎么办呢？玛丽纳特，就把我那一片分给猪先生，另外再给我选一片吧，我希望尽可能离这个粗俗的家伙远一点。"

玛丽纳特满足了它们的要求，大家就都开始分头工作了。当家禽家畜开始数数，小姐妹就挨区挨片地收集数字，记在草稿本上。

"二十二株橡树、三株山毛榉、十四株桦树。"一只鹅报告说。

"三十棵橡树、十一棵山毛榉、十四棵桦树。"马汇报道。

为了数字精确，小姐妹又重新数了一遍。

工作进展神速，一切似乎都挺顺利，很快就数完了四分之三的树木。正当鸭子、马和小白母鸡刚刚数完分配给它们的那片林子的树木，从市镇林子尽头传来了猪的呼救声："救命呀！德尔菲纳、玛丽纳特，救命呀！"

小姐妹朝着呼救声传来的方向跑去，马也跟着跑过去了。只见猪吓得浑身哆嗦，一头老野猪正怒气冲冲地对它吼叫："蠢东西，你怪声怪气地叫得还有没有个完？谁叫你大白天到此惊动善良的居民？我要让你懂得你该怎样生活。像你这样的蠢家伙，应该去躲起来，别到林子里来露面。你们嘛，小不点儿，回到窝里去吧。"

老野猪的最后这句话是对十来只小野猪说的，它们正挤在猪的周围，有的甚至钻到猪的肚子下面去玩。小野猪像猫一般大，背上有浅色的长条纹，一对对小眼睛笑眯眯的。也许多亏它们在场，猪才幸免被野猪伤害，因为老野猪要是向猪扑过去的话，就非踩死一两头小野猪不可。

"他们是来干什么的？"老野猪看见小姐妹和马跑来了，嘟哝道，"或许他们以为这是条国家经管的公路吧，他们只差把小汽车开来了。真讨厌！"

看见老野猪的那副凶相，小姐妹害怕极了。她们结结巴巴地向老野猪赔礼道歉。但当她们发现了小野猪，就把老野猪给忘了。她们连声夸奖说从来没有见过这般迷人的小野猪。说着说着，她们就同小野猪玩开了，抚摸它们，拥抱它们。小野猪见有人同它们玩，十分高兴，发出快乐友好的叫声。

"它们多么漂亮啊！"德尔菲纳和玛丽纳特赞不绝口，"它们这样娇小可爱，真逗人喜欢！"

老野猪的模样不再显得可怕了。它的脸上出现了温和的表情，眼睛同小野猪一样笑眯眯的。

"这是一群相当不错的小野猪。"老野猪说，"它们成天总是无忧无虑地耍闹，可吵死我啦；但有啥法子呢，它们只有这么大。它们的妈妈也和你们一样，觉得它们长得很漂亮。老实说，对此我不能不感到高兴。不过坦率地讲，对这一头傻头傻脑地望着我的猪，我是不会夸奖它的。多么古怪的家伙！它怎么会长得这样丑陋？这叫我着实感到惊讶。"

猪惊魂未定，还在哆嗦，自然不敢回嘴。但是，它觉得自己比老野猪漂亮得多，因此气得眼珠子滴溜转。

"可你们呢，小姑娘，是什么风把你们吹到这市镇林子来的？"

"我们同朋友们，是从农庄赶来数树木的。让马给你讲讲是怎么回事吧，我们还得赶快去把习题算出来。"

德尔菲纳和玛丽纳特再一次拥抱了小野猪们，说了声再见便走了。

"你可知道，"马说，"小学校的女教师给小姐妹布置了一道很难很难的习题。"

"我不懂什么叫习题。请原谅我，我生活在这个偏僻的角落，只有夜晚才出来活动，我对村子里的生活全然是陌生的。"

老野猪停住话头，瞥了猪一眼，嘶声说："这丑家伙我简直看不惯，瞧它那红不棱登的皮子，够叫人恶心的。算了，别提它了。由于习惯了只在夜晚出来活动，我得告诉你，我对许多事都不清楚。你刚才说的什么小学校的女教师啦，习题啦，都是怎么回事呢？"

马把这些问题向它一一进行了解释。老野猪对学校很感兴趣，还对不能送它的小野猪们上学深表遗憾。但它不明白小姐妹的爸爸妈妈为什么管教孩子那么严。

"你要知道，我要是为了让我的儿女们做习题而整个下午都不准它们玩耍的话，它们是不会听的；它们的妈妈肯定也会维护它们来反对我。那么，这习题求的是什么呢？"

"市镇林子的面积……"

马背完了习题，老野猪就叫住一只刚跳上山毛榉矮枝的松鼠，说："赶快去数一数市镇林子里的橡树、山毛榉和桦树，看各有多少棵。我在这儿等你的数字。"

松鼠立刻跳上高树枝，通知所有的松鼠：老野猪命令要在一刻钟之内，把林子里的橡树、山毛榉和桦树分别数清楚，以便检查德尔菲纳和玛丽纳特的运算是否正确。猪一直被小野猪围在中间，该数的树还没数完，这时才想起来，可它忘了数到什么地方了，必须从头开始。猪正在焦急时，只见鸭子和小白母鸡朝它走来了。

"但愿你没累坏，"小白母鸡说，"刚才都已经分配好啦，你何必那么妄自尊大、好出风头呢？现在只好让鸭子和我来帮你数啦。"

猪十分尴尬，瞠目结舌，不知所措。小白母鸡又冷冷地补充道："不用辩解，也不用感谢我们啦，没那个必要。"

"对对。"老野猪说，"它什么都占全了，面目丑陋、皮子红不棱登，外加一副懒相。"

然而小野猪们却把刚到的来宾们团团围住，要同它们一块儿玩耍呢。小白母鸡生性不爱热闹，它请求小野猪们让自己安静安静；可小野猪们不听话，有的用头拱它，有的往它背上爬，它只得躲到榛子树枝上去……当德尔菲纳和玛丽纳特由家禽家畜们簇拥着来向猪要数字时，还是鸭子和小白母鸡把数字告诉了她们。这样就只需做三次乘法运算了。

几分钟后，德尔菲纳宣布："市镇林子里共有三千九百一十八株橡树、一千二百一十四株山毛榉和一千三百零二株桦树。"

"我想象的也就是这么多。"猪说。

德尔菲纳感谢家禽家畜们出色地完成了任务。她对小白母鸡想出了解题的方法表示特别感激。最初看见来宾众多而感到害怕的小野猪们，这时走近鹅群，胆子也大起来了。善良的鹅们挺乐意同它们一起做游戏。接着，小姐妹也同它们玩起来。其他的家禽家畜和老野猪都站在他们后面，嘻嘻哈哈地笑着。市镇林子里还从来没有这样热闹和欢乐过。

"我并非故意叫你们扫兴，"狗提醒大家说，"可是太阳已经开始落山，主人们就要收工了。如果他们发现农庄里空无一人，是会发脾气的。"

正当大家准备出发回家的时候，一群松鼠出现在一株山毛榉的矮枝上。其中一只向老野猪报告说："市镇林子里共有三千九百一十八棵橡树，一千二百一十四棵山毛榉和一千三百零二棵桦树。"

松鼠所报的数字同小姐妹的得数完全相同。老野猪眉开眼笑，说道："这证明你们的计算完全正确。明天，小学女教师将给你们记个好分数。啊！当她向你们表示祝贺的时候，我多么希望我自己也在场呀！我多么渴望看看学校是什么样啊！"

"那么，明天早晨你来吧。"小姐妹说，"老师挺好的，她会让你进教室去的。"

"那好吧，我也很想去看看。不过我还要再考虑考虑。"

当老野猪同小姐妹分别时，它已基本上决定了第二天到学校去看看。马和狗答应陪它去，以免它会感到陌生。

爸爸妈妈收工回家来，看见德尔菲纳和玛丽纳特在院子里玩，老远就大声问道："你们的习题做好了吗？"

"做好了。"小姐妹一边上前去迎接，一边回答，"但我们费了好大的劲哟。"

"这可是一项艰苦的工作。"猪插嘴说，"不是吹嘘，在林子里……"

玛丽纳特踩了一下它的脚，使它住了嘴。爸爸妈妈瞟了它一眼，咕哝道："这家伙越来越傻啦。"接着，他们对小姐妹说："光做了题还不够，还要做得正确才行。这个嘛，明天看看老师给你们打多少分就知道。要是做错了，你们该想得到，不会那么便宜了你们的……"

"我们不是马马虎虎做的。"德尔菲纳满有把握地说，"你们放心好啦，我们一定是做对了的。"

"再说，松鼠的得数也跟我们的一样。"猪又插嘴说。

"松鼠？这猪恐怕是疯啦！得啦，别多嘴，到圈里去吧。"

第二天上午，当小学女教师站在校门口招呼学生们排队进校的时候，看见院子里有一匹马、一条狗、一头猪和一只小白母鸡。她对此并不感到奇怪。附近农庄里的家禽家畜经常迷路，跑到学校里来，使她感到意外和害怕的是，还来了一头老野猪。这头老野猪起先藏在篱笆后面，后来突然冲了出来，要不是德尔菲纳和玛丽纳特赶快叫她

061

不用担心，她也许会大声呼救了。

"老师，别害怕，这是一头非常温和的老野猪，我们了解它。"

"请原谅，"老野猪对女教师说，"我本来不愿打扰你，但我听说你的学校办得很好，你的课讲得很不错，就想来听听。我相信我会受益良多。"

女教师虽然受到一番恭维，但并不想让老野猪进教室去。这时其他家禽家畜也都走上前来，请求女教师允许老野猪听课。

"当然，"老野猪补充说，"我的同伴和我，都保证听话，绝不会扰乱课堂秩序的。"

"我看，"女教师说，"让你们进教室也不会有什么大妨碍。你们也排队进去吧。"

小姐妹和家禽家畜们在校门口排成两行。小姐妹在最前列，家禽家畜们都站在她们后边。野猪和猪肩并肩，小白母鸡和马并排站，狗排在最后边。女教师拍了拍手，学生们安静地依次进了教室。小姐妹和家禽家畜们也都跟着走了进去，坐在一块儿。小白母鸡坐在椅背上，马的个子太高，坐不下，就站在教室后面了。

学生们写完书法练习后，女教师就开始讲历史。她讲到十五世纪国王路易十一极其残暴的行为，指出他的惯用伎俩是把他的敌人关在铁笼里。"幸亏，"她说，"时代变了，现在不会把谁关进笼子里了。"

女教师刚讲完这句话，小白母鸡就站在椅子背上要求发言。

"显然，"它说，"你还不了解我们这个地方的情况。事实上，从十五世纪到现在，情况并无多少变化。我告诉你吧，我经常见到一些可怜的母鸡被关进笼子里。这种习惯还远远没有改变。"

女教师满脸通红，因为她想起了她家关在笼子里的两只鸡。于是，她答应一下课就把它们放出来。

"要是我当了国王，"猪说，"我就要把主人关进笼子里去。"

"可你永远也当不了国王。"老野猪说，"你太丑陋了。"

"有些人的看法跟你可不一样。"猪说，"就在昨天晚上，主人还夸奖我：猪长得越来越漂亮了，应该多照料照料它。我一点也没添油加醋，他们说这话时小姐妹也在场。对吧，小姐妹？"

德尔菲纳和玛丽纳特不好意思戳穿猪的谎言，就只得顺着猪说爸爸妈妈说过这番赞扬猪的话。猪便更加得意扬扬了。

"说过也罢，没有说过也罢，你总归是最丑的家伙。我从来没见过像你这样的丑八怪。"老野猪说。

"看样子你还没看过你自己是什么模样吧？瞧你嘴里伸出来的两颗大獠牙，简直吓死人。"

"怎么？你竟敢如此无理地丑化我的模样！等着瞧吧，大笨蛋，我要教训教训你，让你知道尊敬兽类。"

老野猪说着，从座位上一跃而起。猪被吓得尖叫起来，围着教室乱跑，一头撞在女教师身上，差点儿把她撞倒在地上。"救命呀！"猪呼喊道，"它要害死我！"猪又往桌子下边钻，把桌面上的书籍、练习本、文具盒、墨水瓶弄得翻来倒去。老野猪穷追不舍，更把东西弄得七零八落。它还咕哝着非把猪的胃捅破不可。猪往女教师的座位下一拱，把椅子背到了背上……德尔菲纳和玛丽纳特趁机劝住老野猪，提醒它别忘了不扰乱课堂秩序的诺言。在狗和马的协助下，她们终于说服了老野猪。

"请原谅。"老野猪对女教师说，"我有些激动，但这家伙如此放肆，以致我完全不能宽恕它。"

"我本应该把你们俩都赶出去，"女教师说"但你们这次是初犯，我只给你们的品行记一个零分。"

接着，女教师在黑板上书写：

老野猪：品行零分

猪：品行零分

老野猪和猪感到非常难过。它们请求女教师擦掉零分，但女教师不同意，她说："必须根据各自的表现记分。满分是十分。小白母鸡：十分；狗：十分；马：十分。现在，我们上算术课。我们来看一看，求市镇林子树木株数的那道题，你们是怎么做的。谁做好啦？"

只有德尔菲纳和玛丽纳特举手。女教师看了她们做的习题，噘了噘嘴。这使她们神情紧张：习题做错了？

"让我们大家来看看。"女教师走到黑板前，说，"我们再念一次题：'市镇林子的面积为十三公顷……'"

女教师先给学生们讲解了题意，然后在黑板上进行了运算。她说："市镇林子里共有四千八百株橡树，三千二百株山毛榉和一千三百株桦树，因此，德尔菲纳和玛丽纳特算错了，应该给她们记一个坏分数。"

"对不起，"小白母鸡说，"我不同意你的答案，是你算错了。市镇林子里共有三千九百一十八棵橡树、一千二百一十四棵山毛榉、一千三百零二棵桦树，小姐妹的得数是正确的。"

"这不符合逻辑。"女教师肯定地说，"桦树不可能比山毛榉多，让我们再来论证一次。"

"论证不能代替事实。市镇林子里确实有一千三百零二棵桦树。我们昨天数了一个下午，你们说说，这是真的吧？"

"是真的。"狗、马和猪异口同声地证明。

"我也在场。"老野猪说，"大家数过两次。"

女教师尽量说服大家，要大家了解习题中的市镇林子与实际的市镇林子毫无关系。但是小白母鸡生气了，它的同伴们也很不满意。"如果习题中的市镇林子与实际的市镇林子没有关系，"它们说，"那么，这道题本身也就没有什么意义了。"

女教师气得满脸绯红，说它们笨头笨脑，并准备给小姐妹记一个坏分数。恰在这时，学区的督学走进了教室。起初，他见到马、狗、小白母鸡和猪，特别是老野猪待在教室里，感到很吃惊。

"好啦，"他说，"让咱们聊聊吧。你们刚才在争论什么？"

"督学先生，"小白母鸡说，"女教师前天布置学生做一道题：市镇林子的面积为十三公顷……"

督学了解了情况，毫不犹豫地认为小白母鸡说得有道理。他首先要女教师在小姐妹的练习本上记一个好分数，并把猪和老野猪的品行零分擦掉。"市镇林子就是指本市镇的林子，"他说，"没有什么可争论的。"他对家禽家畜们非常满意，分别给它们记了一个好分数，并给善于分析的小白母鸡颁发了荣誉奖章。

德尔菲纳和玛丽纳特轻松愉快地回到家里。

爸爸妈妈见她们得了好分数，也都感到快乐和自豪（他们还以为狗、马、小白母鸡和猪的分数都是小姐妹获得的哩）。为了奖赏她们，爸爸妈妈给小姐妹一人买了一个崭新的文具盒。

一场虚惊

德尔菲纳和玛丽纳特从牛栏里放出奶牛，准备带它们到河边的大牧场上去吃草。因为要晚上才回来，她们就用篮子装了自己的午餐和狗的食物，另外还装了两块涂了果酱的面包，这是她们下午茶的点心。

"去吧！"爸爸妈妈说，"但要当心，别让牲口吃苜蓿撑死了，别让它们啃路边树上的苹果。要知道，你们已经不是小孩子啦，你们俩的年龄加起来将近二十岁了。"

接着，爸爸妈妈对正在闻着篮子里食物的狗说："你这个懒东西，也得多留点神。"

"我是一贯值得表扬的。"狗低声抱怨说，"这次也少不了。"

"而你们奶牛呢，她们带你们去吃不要钱的草，你们得尽量吃饱。"

"放心吧，主人。"奶牛们回答说，"说到吃，我们是不会客气的。"

一头奶牛尖声尖气地补充说："要是没有人来打搅，我们会吃得更香。"

说这话的是一头灰色的小奶牛，名叫科纳特。它幸灾乐祸，一心想让小姐妹挨骂、受罚。小姐俩做过的事，甚至没做过的事，它都要向主人添油加醋地报告，因而博得了主人的信任。"打搅？"德尔菲纳问道，"谁打搅你啦？"

"我喜欢怎么说就怎么说，谁也管不了。"科纳特一边回答，一边朝牧场走去。

牛群跟在它后面上了路，男女主人站在农庄院子中间，小声地嘟哝："嗯，又冒出一桩事来，得弄弄清楚。这两个丫头怎么老是这样，真是两个疯丫头。啊！幸亏我们有这个懂事而忠实的科纳特……"

他们互相看了看，接着，向右偏着头，一边擦去激动的泪水，一边补充说："科纳特小乖乖，去吧。"

他们进屋后还在小声地埋怨自己的女儿心不在焉。

牛群在离农庄两百米远的地方，发现路边有一根苹果树枝，这显然是昨天夜里被暴风吹断的。饥饿的奶牛们顾不得疲累，都围着断树枝啃起苹果来。科纳特走在最前边，但它并未发现路旁的苹果树枝，等它倒回来为时已晚，一个苹果也没剩下。

"好啊！"它冷言冷语地说，"有人又让你们吃苹果啦。要是你们给撑死了，那可活该！"

"你不高兴，"玛丽纳特回答说，"还不是因为你没捞到吃嘛。"

小姐妹笑了，奶牛们和狗也都跟着笑了。科纳特气得四脚发抖，愤愤不平地说："我要去告发。"

说着，它掉头朝农庄走去。但是狗纵身跑到它前边，警告它说："要是你再朝农庄走一步，我就咬掉你的鼻子。"它张开口，露出獠牙。显然，它是说得出办得到的。科纳特也明白狗的厉害，因此它立刻转回身朝大牧场走去。

"好吧，"它说，"咱们走着瞧吧。等会儿再看谁耻笑谁。"

牛群继续往前走。科纳特不像其他奶牛那样途中不时地停下来吃草，它独自在前面远远地走着。到了望得见大牧场的地方，它在一个偏僻的农庄前停下来，同正在花园篱笆上晾衣服的女场主聊了许久的天。在农庄前面一百米远的地方，有一些流浪的吉卜赛人。他们刚给拉大篷车的马卸完套，坐在沟边编篮子。当牛群经过农场的时候，女场主叫住小姐妹，一边指着流浪者的大篷车，一边说："注意那些人！他们可不是好人，啥事都干得出来的。假如他们对你们说什么，你们就走你们的，甭理睬他们。"

德尔菲纳和玛丽纳特彬彬有礼地道了谢，不过显得并不热情。她们不喜欢这个女场主。她们觉得她的神态像科纳特一样阴险狡猾；她的那颗又长又黄的独门牙，也实在叫人畏惧三分。另外，站在门口用眼睛斜瞟着她们的男农场主，也叫她们看不顺眼。过去，农场主夫妇每次看见他们，总是责备她们没看管好奶牛，威胁说要向她们的父母告发……虽然如此，但当小姐妹从大篷车前经过的时候，她们几乎不敢向旁边瞟一眼，三步并作两步走过去了。吉卜赛人一边编篮子，一边说笑唱歌，也没有注意到她们。

牛群在大牧场吃草，整天平静无事，只有科纳特两次溜到牧场边的苜蓿地里去偷吃苜蓿。当它第三次去偷吃时，被一阵棍棒揍了回来。在它拔腿逃跑时，狗乘机吊在它的尾巴上，一直吊了二十多米远。

"这事不能便宜了他们。"科纳特这样自语着回到牛群之中。

将近黄昏时，小姐妹来到河边同鱼儿聊天。狗本来应该看守牛群，却也跑来陪她们玩耍。她们在河边只见到一条几乎什么也不懂的大白斑狗鱼。同它聊天可乏味啦，无论小姐妹对它说什么，它总是回答说："正如我常说的，酒足饭饱，好好睡觉，这最安逸。"小姐妹不想再和它说什么了，就和狗一起回到了大牧场。牛群这时都在静静地吃草，只是不见了科纳特。其他的奶牛都一直在专心致志地吃草，谁也没有注意到时它是什么时候跑掉的。

德尔菲纳和玛丽纳特估计科纳特是要跑回家去，添油加醋地在爸爸妈妈面前进行挑拨。为了在它返回农庄以前追上它，她们立刻带着牛群跑步离开了牧场。

爸爸妈妈下地还未回家。可是到处都不见科纳特的踪影，也没有人看到过它。小姐妹茫然失措。狗想到又要挨踢，也闷闷不乐。只有一只羽毛十分漂亮的鸭子非常冷静。

"咱们别惊慌。"它说，"你们先给牛挤奶，把奶送到奶场去，然后，咱们再合计合计。"

小姐妹采纳了鸭子的建议。当爸爸妈妈回到农庄时，她们已经送完奶回来了。夜幕降临，厨房里点亮了油灯。

"晚安。"爸爸妈妈说，"一切顺利吗？没发生什么事吧？"

"是的。"狗答道，"没发生什么事。"

"你这个家伙，我们问到你时你才能搭腔，不许插嘴。唉，小丫头们，没出啥事吧？"

"是的，没出啥事。"小姐妹回答时脸蛋绯红，声音颤抖，"一切都差不多同……"

"差不多？嗯，咱们去看看。"主人们离开了厨房。但是狗赶在他们前边，来到牛栏尽头科纳特的位置上。鸭子早已在这里等着主人了。

"你们好，奶牛。"主人说，"今天过得舒服吧？"

"主人，舒服极啦。我们还从未吃过这样好的草。"

"哦，那就好。另外，没发生什么不愉快的事吧？"

"是的，没什么不愉快的事。"

主人在黑暗中摸索着朝牛栏尽头走去。

"可你呢，科纳特小乖乖，你怎么不说话呀？"

鸭子教狗应该如何回话。狗装出悲伤的音调回答道："你们要知道，我吃得太饱，简直要撑死啦。"

"啊！可爱的科纳特，你这话叫人听了真高兴。今天该没有谁打搅你了吧？"

"是的，我今天不抱怨谁……"

狗正在犹豫，鸭子捅了它一下，于是它便不冷不热地补充说："只是那该死的狗又吊在我的尾巴上。主人，牛尾巴长来可不是给狗打秋千的呀。"

"那当然啰……狗这个家伙真讨厌……不过，你放心，待会儿我会教训得它爬不起来的。这时候，它怕是已经明白等着它的是什么了。"

"可别教训得太狠了。其实，你们知道，它吊我的尾巴，多半也只是开开玩笑罢了。"

"不，不，别同情这可恶的牧羊犬。它挨揍是活该的。"

主人又回到厨房去。狗已先到一步，躺在火炉边。

"你什么时候跑到这儿来啦？"主人问道。

"我刚来。"狗说，"我觉得你对我好像有点不满，你们知道，人们有些想法常常是……"

"你今后还来不来？"

"要来，要来，总之，我有机会就来。应该告诉你，我右腿患了关节炎……"

"正好，有种'好药'可以治你的关节炎！"说到这儿，爸爸妈妈瞥了木屐尖一眼。小姐妹赶忙替狗说情。由于他们觉得没啥可责备女儿们的，一人踢了狗一脚就算了。

第二天早上主人来挤牛奶，发现科纳特不在牛栏里，但它的槽头边盛着满满一桶温热的牛奶。这是其他奶牛贡献出来的。

"刚才，你们在粮仓里的时候，"鸭子解释说，"科纳特叫喊着头痛，要到大牧场去。小姐妹立刻给它挤了奶，玛丽纳特就把它带到大牧场去了。"

"既然是科纳特要求去的，孩子们做得对。"主人们说。

然而，玛丽纳特是独自一人到大牧场去的。独门牙女场主在农庄院子里看到放牧姑娘既没有带狗，也没有带牛群，觉得很奇怪。

"啊！你知道我们家发生了什么吗？"玛丽纳特问道，

"昨天下午，我们丢了一头奶牛。"

女场主说她没有看见科纳特，并指着前面正在大篷车前用早餐的吉卜赛人，说："这段时间，可不能让家畜或不论什么家禽自己出来，有人会顺手牵羊的。"

玛丽纳特离开女场主时，偷偷地向大篷车瞥了一眼。但是她不敢去盘问吉卜赛人，也不相信他们偷了科纳特。他们偷来藏在什么地方呢？大篷车的门太窄了，一头牛是进不去的。她独自在大牧场上找了一阵，便来到河边，向鱼儿打听有没有一头奶牛昨天晚上溺死在哪个深潭里了。但是，所有的鱼儿都回答说不知道有这么回事。

"众所周知，"鲤鱼说，"在河里，消息是传得最快的。再说，我的儿子昨天一直在深潭浅滩上来来往往，它看见奶牛一定会告诉我们的。"

玛丽纳特相信鲤鱼的话。当她回到大牧场时，德尔菲纳已经把牛群带来了。德尔菲纳担心妹妹同女场主所谈的科纳特失踪的事，女场主会转告爸爸妈妈。

"这是很有可能的。"玛丽纳特说，"当时我没有想到这一点。"

小姐妹一直希望科纳特只是在哪里露宿了一夜，消除怨恨后就会回到她们中间来，但却始终不见科纳特的影子。奶牛们看见小姐妹如此忧虑，也很难受，再也没有心思吃草了。中午，科纳特还是没有回来。小姐妹匆匆吃完饭，就决定到大牧场旁边的林子里去寻找。她们认为科纳特若不是被人偷了，就可能是想到林子里找个藏身之处而迷了路。

"你们就在牧场上好好吃草吧。"德尔菲纳对奶牛们说，"本来我们可以把狗留在你们身边，但我们要带它到林子里去寻找科纳特。你们可别到苜蓿地里去啊！等我们回来再带你们到河边去喝水。答应我们，说你们一定听话。"

"放心去吧，"奶牛们异口同声地说，"你们可以相信我们绝不到苜蓿地去，也不会到河边去。现在的情况已够你们忧虑的了，怎么能再给你们增添新的麻烦呢。"

小姐妹过了河，进入林子里，走了很远很远；狗跑遍了所有的小路，找遍了整个林子，向四面八方喊着科纳特的名字，但都不见科纳特的踪影。小姐妹沿途向林子里的住户，如野兔、松鼠、狍子、松鸦、乌鸦、喜鹊打听消息，但它们谁也不知道奶牛在林子里迷路的事。有只乌鸦愿意协助寻找科纳特，它甚至飞到林子的另一端去打听，结果也是无功而返。真不知道科纳特跑到什么地方去了。

德尔菲纳和玛丽纳特无精打采地往回走。这时已经快下午四点了，天黑前是没有希望找到科纳特的了。

“今晚一定又有一场好戏。”狗叹息着说，“我不挨上几脚尖，恐怕是不能了事的。”

在大牧场上，一个出人意料的不幸消息正在等待着他们。牧场上的奶牛全都不见了，整个牛群都无影无踪了；它们朝哪个方向走的，也没留下任何踪迹。面对这一新的打击，小姐妹哭了起来。狗仿佛也看见了一双双木屐，排成一串，很长很长，没完没了，它的眼泪不禁夺眶而出。由于在牧场上待着也无济于事，她们便决定回家去。

她们在大篷车旁边没有见到吉卜赛人，这显然是可疑的。她们问女场主，女场主没有提供任何奶牛去向的线索，但是她的话中隐隐暗示出这件事与吉卜赛人不会没有关系。她还抱怨说昨天晚上一只鸡没进笼子，今天就找不到了，并且说这只鸡也许还没有走多远，如果它还没有被吃掉的话。

爸爸妈妈还没到家。鸭、猫、公鸡、鹅和猪都在院子门口急切地等待着小姐妹归来，以便了解科纳特的下落。它们只看见小姐妹和狗回来，感到十分惊异，全部奶牛失踪的消息更使它们骚动起来。鹅发出一声声悲鸣，母鸡八方乱窜，猪仿佛要被杀了似的惨叫起来。公鸡看见狗泄了气，怪可怜的，便同情地啼叫不止。猫气得直吹胡子。在一片喧嚣声中，小姐妹又开始痛哭流涕了。她们一哭，院子里就变得更加骚乱不已。唯独鸭子神情镇定，它目睹过不少这类事情了。

"悲叹是毫无用处的。"它招呼大家安静下来，"要像昨天那样办。天黑主人回来前，我们还有时间做好安排。不过，咱们得抓紧时间，准备迎接他们。"

它对每个家禽和家畜都做了具体交代，直到确信它们都明白了它的意图为止。猪甚至听得不耐烦了，不时想打断它。

"你说的这些都很妙，"猪最后说，"但你漏掉了一件最重要的事。"

"什么事？"

"重新找回全部奶牛。"

"那当然啰。"德尔菲纳和玛丽纳特叹息说，"可我们该怎么办呢？"

"这件事我来负责办，"猪说，"你们可以相信，明天中午以前，我一定找回全部奶牛。"

几个星期以前，一条警犬陪同它的主人来村里度假，猪同它打过交道。猪听到了一些侦探冒险故事，一心想亲身经历一番类似的奇遇。

"明天黎明，我就到野外去。我已经掌握了一条有用的线索。小姐妹，请替我找一蓬假胡须，这就是我唯一的要求。"

"你要假胡须有什么用？"

"我戴上假胡须，别人就认不出我来，任我跑到哪儿，都不会引人注意。"

鸭子的预见并未落空。天擦黑时爸爸妈妈就回来了。他们同小姐妹闲谈了几分钟，就到牛栏里去了。幸好里边已漆黑一片。

"晚上好，奶牛们。白天过得好吧？"

公鸡、鹅、猫和猪，都早已分别在各头奶牛的位置上等候，听见主人问话，它们都提高嗓门回答说："主人，再好不过了。天气晴朗，牧草鲜嫩，小姐妹对我们的态度又是那样和蔼可亲，还有什么比这更好的呢？"

"的确，这是美好的一天。"

接着，主人又面对着原来是一头红牛站的位置说："你呢，红牛？今天早晨，你的气色看起来不如平常好。你今天的胃口好吗？"

"喵喵。"猫叫了两声。显然，它是因为过分激动而忘记了自己所要扮演的角色。

德尔菲纳和玛丽纳特站在门口，听见猫叫，吓得发起抖来。然而猫已经意识到了自己的错误，立即改口模仿奶牛的声音说:"这只蠢猫老跟着我的脚打转,如果我踩到它的尾巴,那可是活该!啊,主人,你是问我是否吃得好?我生来还没有像今天吃得这样香过。我吃得多饱呀,今天晚上,我的肚皮几乎都撑得擦到地面了。"

主人听到这话高兴极了。他们想摸一摸红牛鼓得溜圆的肚皮。幸亏狗装成科纳特在牛栏尽头喊他们,他们就朝那边走去,否则一切就都露馅了。

"可爱的小科纳特,你早上不是在叫头痛吗?现在感觉怎么样?"

"主人,谢谢你们,我好多了。不过,早上我没有向你们告别就走了,我感到很难受!我整天都在为此而内疚。"

"啊!可爱的小乖乖,"主人说,"你的话真叫人高兴。"

他们心里感到甜滋滋的,以至于很想拥抱一下科纳特,或者至少在它的腰上拍打几下,表示表示亲昵。正当他们要踩上铺在牛栏里的垫草的那一瞬间,一阵吵架声把他们引到牛栏的另一端去了。

"我要打断你的腰。"猫又模仿奶牛的声音叫道,"这矮小瘦削的家伙,我要拔掉你的毛和胡须。"

"你小心点,"猫又用自己的声音叫道,"尽管我矮小瘦削，我可要开导开导你，叫你懂点礼貌。"

主人问出了什么事。猪解释说："是猫又蹿到猫的蹄子下，不，我想说的是奶牛……不不，是猫又……"

"好啦！"主人说，"我们明白了。这儿没有猫的事，猫，给我滚！"

他们正要离开牛栏，又想起了一件事，于是转过头来问道："科纳特，今天大牧场上没出什么事吧？"

"说实话，主人，没出什么事。我看没什么可向主人报告的。今天狗也挺规矩。"

"啊！真没想到今天一切都这样如意。"

"我从来没有看见狗像今天这样守规矩，它从早晨一直睡到晚上。"

"它整天都在睡觉？啊！这个懒鬼，难道它以为我们养它只是叫它睡懒觉、不做事的？让它等着吧，我要给它好看的……"

"听我说，主人，赏罚要得当……"

"正因为要赏罚得当，它挨打是活该的！"主人走进厨房，就看见狗躺在火炉边。他们骂道，"你又跑到这儿来睡觉啦，懒鬼！"小姐妹像昨天晚上一样向爸爸妈妈求情，但结果狗的屁股上还是挨了两脚。

主人向来习惯于听见鸡叫就起床。第二天早上，由于鸭子的命令，公鸡不叫了，主人就一直紧关着百叶窗睡觉。小姐妹穿上衣服悄悄地到厨房里取了盛饭篮子，又踮起脚，悄悄地走到院子里。猪早已在那里等候她们了。

"你们把我要的假胡须带来了吗？"猪低声问道。

小姐妹给猪在脸上安上了一蓬浓密的金栗色的玉米须。玉米须几乎把它的眼睛都遮住了，但猪却异常高兴地说："你们就在大牧场上等。中午以前，奶牛们是死是活，我都给你们找回来。"

"最好带活的回来。"一只鹅提醒说。

"当然啰！但是事实终归是事实，我可改变不了。不过，根据我的判断，咱们的奶牛应该还活着。"

猪让小姐妹和狗先出发。五分钟以后它自己也上路了。为了不引起人们的注意，它装着闲逛的样子，慢悠悠地往前走。

主人醒来时，已经是早上八点了。他们简直不相信自己的眼睛。

"我拉开嗓门叫了三刻钟之久，"公鸡说，"也没把你们叫起床，最后我索性不叫了。"

"小姐妹不敢叫醒你们。"鸭子说，"她们像往常一样，把奶牛带到牧场上去了。一切都很正常。科纳特临走前还要我告诉你们，它的头不疼了。"

主人一生还从未这么晚起床过，心中觉得不安，以为自己生病了，当天就没有出工。

猪跑遍了整个村子，大约到了上午十点钟，才绕道回到牧场上与小姐妹碰头。看到猪昂起头，戴着一脸像扇子一样的胡须，向牧场走来，小姐妹激动万分。她们问道："你找到了吗？"

"我已经知道一些线索了。"

"奶牛们在哪儿？"

"等一下。"猪说，"你们莫慌，至少先让我坐下再说。我累得受不了啦。"

它面对小姐妹和狗，在草地上坐下，一边用前蹄理胡须，一边说道："初看起来，这案情似乎挺复杂，但认真思索一下就能明白，这案子简单极啦。你们好好听我分析。奶牛既然被偷，就一定是被强盗偷的……"

"是的。"小姐妹表示赞同。

"另外，众所周知，贼都是一些衣衫褴褛的人。"

"的确如此。"狗说。

"这就叫我们不得不提出这样的问题：村子里哪些人衣衫褴褛呢？大家想想看吧。"

小姐妹点了几个人的名字，但是猪冷笑着摇了摇头。

"你们可没有说对。"最后猪说，"两天前在路边安营扎寨的吉卜赛人，衣衫最褴褛。因此，咱们的奶牛准是他们偷的。"

"我早就是这么想的。"小姐妹和狗异口同声地叫道。

"那当然啰。"猪说，"现在你们都好像是自个儿发现了事情的真相似的。不过可别忘了，你们可是多亏了我严密的推理才得到这个结论的。应该尊重事实嘛！"

猪显得很不愉快。但是后来大家一个劲地赞扬它，它又很快转悲为喜了。

"我们现在应该做的事，就是要马上找到这些贼，掏出全部口供。这对我来说，只不过像做一个游戏一样简单。"

"我愿意陪你去。"狗自告奋勇地说。

"那不行。这是一项十分细致的工作，你去是会把事情全弄糟的。还是我自个儿去的好。"

它再一次发誓，中午以前一定把牛群找回来，接着就离开了大牧场。小姐妹望着它的背影在牧场外渐渐消失了。

猪找到了吉卜赛人。他们正围坐成一圈编篮子。他们的确衣衫褴褛，一身破衣服只能勉强遮身蔽体。离大篷车几步远的地方，有匹老马在吃草，它那副瘦弱的模样，跟它的主人一样可怜。猪毫不犹豫地走上前去，愉快地招呼道:"诸位早安!"

所有的吉卜赛人都抬起头把这位来宾打量了一番,其中只有一个人冷淡地对它点了点头。

"你家里人都好吗?"猪问道。

"好。"那人回答。

"孩子们都好吗?"

"好。"

"祖母也好吗?"

"好。"

"奶牛也好吗?"

"好。"

那人不假思索就这样回答了,但立即又改口说:"至于奶牛嘛,它们是不会病倒的。我家里也没有奶牛。"

"一言既出,驷马难追!"猪得意扬扬地说,"你已经供认了。偷奶牛的就是你。"

"这到底是怎么回事?"那人皱了皱眉头,问道。

"别装啦!"猪威胁说,"快把你偷的奶牛还给我,要不……"

它还没来得及把话说完,吉卜赛人就一哄而起,揍了它一顿。它的胡子也被打得歪歪扭扭的了。它威胁也罢,叫喊也罢,都只能激起他们更大的愤怒。它好不容易才从围困中逃脱，忍着疼，一口气跑到邻近的农庄院子里躲藏起来，玉米须做的假胡须撒了一路。农场主夫妇热情地接待了它。

小姐妹一直等到下午两点钟还没见猪回来，心里万分焦急。这时鸭子也赶来了，它认真地分析了猪怀疑吉卜赛人的理由是否充分。

"应该根据表情判断人，"它说，"这样就不会弄错。我估计我们的朋友还没有走多远。现在它也许已经同科纳特和其他奶牛在一起了，我们去找找它们吧。"

小姐妹在鸭子和狗的陪伴下，来到大篷车旁。她们连一个人也没见到。原来，吉卜赛人把上午编好的篮子拿到村里去卖了。鸭子对这一点也不予理会，只是低着头，似乎在端详路面上的石子。

"瞧啊！"它说，"你们看这些撒在地上的黄色的玉米须，这一定是猪留下的标记，它干得真是妙极了，这些玉米须会把我们引到猪那里去的。"

四个伙伴以沿路的胡须作路标，不一会儿就来到邻近的农庄院子里。农场主夫妇正好在那儿。

"你们好。"鸭子说，"我看你们一贯品行低劣。怎么像你们这样品行低劣的人还没被关进监狱呢？"

正当农场主面面相觑的时候，鸭子转身向德尔菲纳和玛丽纳特说："小姑娘们，去打开牛栏门吧。你们放心进去好了，你们在里边会见到熟悉的伙伴的。放它们出来透透气，它们会感到愉快的。"

农场主夫妇赶忙把守住牛栏门，但是鸭子警告他们说："只要你们稍一轻举妄动，我就让我的老朋友狠狠咬你们。"

农场主夫妇一看到狗，吓得老老实实地站在一边。小姐妹走进牛栏，不一会儿就把猪和牛群赶了出来。科纳特竭力想把自己隐藏在牛群里，显得不那么神气了。农场主夫妇尴尬地低着头。

"看样子，你们倒挺喜爱家畜。"鸭子说。

"这不过是个玩笑。"女场主镇静地说，"前天科纳特来求我让它住上两三天，目的是想跟小姐妹开开玩笑。"

"不是这样的。"科纳特纠正说，"我只请求你们让我住一宿，第二天是你们强迫我留下的。"

"可其他的奶牛呢？"德尔菲纳问道。

"我怕科纳特感到寂寞，就给它找了些伙伴。"

"她昨天到大牧场上来，"一头奶牛说，"对我们说科纳特生病了，要我们去看看它。我们信以为真，就跟着她到这里来了。"

"我也是这样。"猪咕哝着说，"刚才她把我关进牛栏里，我却一点都没怀疑她。"

鸭子严厉地训斥了农场主夫妇一顿，警告他们这样下去是会进监狱的，然后就准备把所有的家禽家畜带回家去。小姐妹要把奶牛们带到大牧场去，鸭子就同她们分开走，同猪一块儿回到了家里。猪想到自己的不幸遭遇，想到自己荒谬绝伦的推理，心里怪不是滋味的。

"鸭子，告诉我，"它问道，"你怎么会猜到农场主夫妇是贼呢？"

"今天上午，农场主夫妇打咱家门前经过，主人在院子里，因此他们就停下来同主人闲聊了一阵。我发现，虽然昨天晚上小姐妹已经把科纳特失踪的事告诉了他们，他们却未把这件事告诉主人。"

"那是因为他们知道小姐妹瞒着父母，所以就干脆不吱声，免得让她们挨骂嘛！"

"可是，平时他俩却从不放过任何机会使小姐妹挨骂。再说，他们还贼头贼脑的。"

"这不能作为根据。"

"我认为这是一个有力的证据，足以说明问题。再说，你的假胡须一直把我们引导到他们的牛栏门口。这样，我就不只是怀疑了。"

"但是，他们却比吉卜赛人穿得更好啊！"猪叹气说道。

傍晚，小姐妹把奶牛们赶回家时，爸爸妈妈正在院子里。科纳特老远就望见了他们，离开牛群就朝他们跑去。

"我来给你们讲讲事情的经过。"它说，"一切都是小姐妹的过错。"

它叙述了自己和别的奶牛失踪的经过。但主人记得清清楚楚，昨天晚上他们还和奶牛们讲过话，因此他们觉得科纳特的话有些莫名其妙。其他奶牛和猪对科纳特说的话也一概否认。科纳特差点儿被气死。

"几个星期以来，"鸭子提醒主人说，"这可怜的科纳特都是头脑发昏的。它不断地编造谎言在主人面前告状，目的是让小姐妹和狗无辜受处罚。"

"的确，"主人表示赞同，"我们也觉得是这样。"

从那天起，主人再也不赏识科纳特了。科纳特气得吃不下草料，几乎断了奶。下一步就该主人考虑如何处置它了。

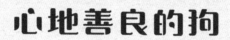

心地善良的狗

德尔菲纳和玛丽纳特替爸爸妈妈买好东西，就准备往回走。她们要走一公里路才能到家哩。软提篮里装了三连肥皂、一块圆锥形的糖，一截牛肠子和十五个苏，还有调味用的丁香花蕾。她们俩一人提一头，边唱着欢快的歌，边摇晃着提篮，边往回家的路上走。她们唱着"米隆冬，米隆冬，米隆冬"，来到一个拐弯处，看见了一条毛茸茸的大狗，耷拉着脑袋迎面走来。这条狗显得有些心烦意乱，它大张着口，露出尖利的獠牙，一条大而长的舌头几乎垂到地面上。突然，它迅速地摇了几下尾巴，纵步向路边跑去，但是，它却笨头笨脑地撞到一棵树上了。它倒退了几步，生气地嘟哝着。小姐妹早已停在路中间，两人紧紧抱在一起，险些将牛肠子给压破了。这时玛丽纳特还在唱"米隆冬，米隆冬，米隆冬"，只不过声音微弱并且有些颤抖。

"别害怕。"狗说，"我并不凶恶，倒是挺善良的。但是我苦闷死啦，因为我的眼睛瞎了。"

"啊，可怜的狗！"小姐妹说，"我们还不知道你的眼睛看不见。"

狗摇着尾巴，向她们走过来。它舔了舔她们的腿，又闻了闻软提篮，然后说：

"唉，我遭到了这样的不幸！不过，得先让我坐一会儿，我再对你们讲我的遭遇。你们可知道，我已经筋疲力尽了。"

小姐妹面对着狗，在路边的青草地上坐下来。德尔菲纳小心翼翼地将软提篮夹在两腿之间。

"啊，坐下休息休息可太舒服啦。"狗叹息说，"唉，谈到我的遭遇呀，我得告诉你们，我瞎眼以前，曾为一个双目失明的人效过劳。你们看我颈项上系的这根绳子，我昨天还在用它为我的主人带路。我带他去的每一个地方，路面都是最好走的，路边的英国山茶花都开得逗人喜爱。每当我们经过一个农庄，我就告诉他说：'这儿是一个农庄。'农民们给他一块面包，扔给我一块骨头；有可能的话，还会让我们俩在他们的仓库墙角过上一夜。我们也经常碰到坏人，那时我就保护他。你们知道，吃得好的狗、生活舒适的人，都不大喜欢那些面带可怜相的狗。我呢，我总做出一副凶恶的样子，他们也就不敢欺侮我们了，他们一看我的模样就觉得不好惹。假使你们愿意，我就装出那副模样给你们看看。瞧……"

狗又露出獠牙，骨碌碌地转动着大眼睛，并低声吠叫。小姐妹吓坏了。

"别装了。"玛丽纳特说。

"这是做给你们看的。"狗说，"总之，我为我的主人效了不少力。他还喜欢和我说话……当然，我只不过是一条狗，但和我说话也可以打发打发时间的……"

"你跟人一样会说话呀？"

"天哪，你们的软提篮里装的是什么？好香啊！……哦，我刚才讲到哪儿啦？……啊，想起来啦，讲到我的主人！我千方百计要让他生活得好一些，然而，他还是不满意，动不动就用脚踢我。可是，请你们相信我，当他前天开始抚摸我，极友好地对我说话时，我感到十分诧异，也感到格外激动，因为没有什么东西能像抚摸那样使我觉得快乐和幸福的了。请你们抚摸我看看……"

狗伸长脖子，把它的大脑袋凑近小姐妹。小姐妹抚摸着它那乱糟糟的毛，它就开始颤动尾巴，嘴里呜呜地小声叫起来。

"你们能听我的话，真是太好了。"它接着说，"但是，我得把我的经历讲完。我的主人亲切地抚摸了我一阵之后，突然对我说：'狗呀，你愿意把你的好眼睛换给我，代替我当瞎子吗？'我从来没有想到过自己要当瞎子。把好眼睛换给他，即使是最好的朋友也会犹豫的。你们愿意怎么看我都可以，但是，我当时说不……"

"啊！"小姐妹大声说，"那当然啰！就该是那样回答嘛。"

"是吗？啊，你们跟我想的一样，我真高兴。可是我没有立刻满足他的要求，还是有点内疚。"

"立刻？狗呀，难道你后来……"

"别性急！昨天，他显得比前天更加和蔼可亲了。他的亲切的抚摸使我难以拒绝他的要求。结果，他刚一开口，我就答应他了。他对我发誓说，我将会很幸福，他要带我到我曾领他走过的路上去漫游，要像我保护他那样保护我……但是，我刚把眼睛换给他，他连再见都没说一声，就抛弃我走了。我从昨天晚上起就孤苦伶仃地待在野外，不是撞到树上，就是被石子绊倒在路上。刚才，我似乎闻到了牛肉的香味，又听到两个小姑娘在唱歌，我心想，你们也许不会把我撵走……"

"哦！是的。"小姐妹说，"我们不会撵你的。"

狗叹了口气，闻了闻软提篮，说："我的肚子饿了……你们提着一块牛肉，对吗？"

"这是一截牛肠子。"德尔菲纳说，"但是，你要知道，这是爸爸妈妈叫我们买了带回家去的……它不属于我们。"

"那么，我就不去想它了。不管怎么说，牛肠子是好东西。喂，小姐妹，你们愿意带我去见见你们的爸爸妈妈吗？即使他们不愿意收养我，至少他们也不会拒绝施舍一块骨头或者一盆汤给我，并让我在你们家里过一夜的吧？"

小姐妹巴不得把它带回去，她们甚至希望把它永远收养在家里。她们只是担心爸爸妈妈会不会欢迎它。她们也要考虑到猫是否愿意。猫在家里颇有威望，也许它对狗会白眼相加哩。

"跟我们走吧，"德尔菲纳说，"我们将尽可能收养你。"

当她们站起身来的时候，小姐妹看见路上来了一个强盗。这强盗专门等着买了东西路过这里的儿童，抢夺他们的篮子。

"他是强盗，"玛丽纳特说，"是专抢东西的人。"

"别怕。"狗说，"我去给他点颜色瞧瞧，让他打消这一念头，别来看你们的软提篮。"

那人大步迎了上来。看见小姐妹的软提篮里塞得鼓鼓囊囊的，立刻就眉开眼笑了。但是，他看见狗的那副凶相，听见它低沉的吼声，心里凉了半截。他站到路对面，抬了抬帽子致意。小姐妹不禁当面耻笑了他一番。

"你们瞧，"那人溜走后，狗说，"我瞎了眼也没关系，我还能帮点忙什么的。"狗十分高兴，跟着小姐妹走。姐妹俩轮流牵着它颈项上的那根绳子。

"我同你们真合得来呀！"狗说，"可你们叫什么名字呢，小姑娘？"

"牵着你的是我的妹妹，名叫玛丽纳特，她的头发是金黄色的。"

狗停下来，嗅了嗅玛丽纳特。

"好啦！"它说，"玛丽纳特，我能辨认你了。走吧。"

"我姐姐名叫德尔菲纳。"玛丽纳特说。

"好呀，德尔菲纳，这名字我也不会忘记的。我陪着主人东奔西跑，认识了许多小姑娘。老实说，还没有哪个小姑娘的名字有德尔菲纳和玛丽纳特这么动听的。"

小姐妹不禁满脸通红，但是狗看不见，它还是一再恭维她们，说她们的声音是如何悦耳，夸她们肯定懂事，爸爸妈妈这才把买牛肠子这样重要的差事交给她们。

"我不知道这牛肠子是不是你们选的，我觉得它香得……"

说来说去，狗总把牛肠子挂在嘴边，不厌其烦地称赞它，并且不时地把鼻子凑近软提篮。由于眼睛看不见，它好几次把鼻子触到玛丽纳特的腿上，差一点儿把她推倒了。

"狗呀，听我说，"德尔菲纳对它说，"你最好别去想牛肠子了。如果它是我们的，我们早就给你吃了；但是，你知道，我不能这么做。假如我们不把牛肠子拿回家去，爸爸妈妈会说什么呢？"

"不用说，他们会责备你们……"

"如果我们照实说是被你吃了，他们就不会留你过夜，非把你撵走不可。"

"他们还可能会打你一顿哩。"玛丽纳特补充说。

"你们说得对。"狗赞同说，"但是，你们别以为我谈牛肠子是因为我馋嘴，我说那些话，完全没有要你们把它送给我吃的意思。再说，我对牛肠子也不感兴趣。当然，牛肠子是高级东西，可是，它没有骨头。把它摆上桌子，主人就会吃得精光，我什么也捞不着吃。"

说着说着，小姐妹和瞎眼狗到了家。第一个看见她们回家的是猫。它像发怒一般，弓着身子，耸起毛，尾巴在地上扫来扫去；接着，它跑进厨房，对主人说："小姐妹回来了，还用绳子牵着一条狗。那条狗呀，我才不喜欢！"

"一条狗？"主人惊叫道，"啊！"

他们走进院子，发现猫并没有撒谎。

"你们是怎么遇见这条狗的？"爸爸妈妈生气地问道，"为什么把它牵回家来啦？"

"这是一条可怜的瞎眼狗。"小姐妹说，"一路上，它总是撞到树上，怪可怜的……"

"多事！我不准你们同陌生者来往。"

这时，狗向前跨了一步，向爸爸妈妈点头致意后说："我看，你们家住不下一条瞎眼狗，我得抓紧时间继续往前走。但是，告别之前，请允许我恭喜你们养了两个如此聪明、如此听话的孩子。刚才，我在路上游荡，并没有看见小姑娘们，可是，我嗅到了牛肠子的香味。我从昨天晚上就一直饿着肚子，想吃极啦。但是，她们不准我挨一下软提篮，尽管我当时那副样子是很凶的。你们知道她们是怎么对我说的吗？'牛肠子是爸爸妈妈叫我们买的，是属于爸爸妈妈的东西，我们不能拿来喂狗。'她们就这样对我说。我不知道你们是否相信我，不过，遇到你们的两个这样懂事、这样听话的小姑娘，我确实就忘记了饥饿，并且想，她们的爸爸妈妈真有福气……"

妈妈看着小姐妹微笑，爸爸也为狗的一番恭维话而感到高兴。

"她们是好姑娘，"他说，"我没有什么可责备她们的。我刚才埋怨了她们几句，那是为了叫她们警惕坏蛋。她们把你带到家里来，我感到很高兴。待会儿，我们将给你喝一盆美味的汤，你还可以在这儿过夜。但是，你那眼睛是怎么瞎的？你又为什么这样孤苦伶仃地在路上游荡呢？"

于是，狗又把它的遭遇讲了一遍，讲它如何把好眼睛换给了它的主人后就立刻被抛弃了。爸爸妈妈听得津津有味，并且毫不掩饰他们的激动心情。

"你是最善良的狗。"爸爸说，"我只能责备你的心肠太好了。你就留在我们家吧，你愿意待多久就待多久。我会给你修一个漂亮的窝。你每天都会有汤喝、有骨头啃的。你周游了许多地方，见多识广，你就给我们讲讲你经过的那些地方的情况吧；这对我们来说，也是一个开眼界的机会。"

小姐妹乐得满脸放光，大家都称赞爸爸的决定。猫也同情狗的遭遇，它不再耸毛毛、吹胡子、瞪眼睛，它和狗友好相待了。

"我真幸运。"狗感慨地说，"被抛弃以后，能找到这样一户人家，得到如此殷勤的接待，我可万万没预料到呀。"

"你那个主人是一个没良心的人。"爸爸说，"他是一个坏人、一个自私的人、一个忘恩负义的人。只要他从这儿经过，我就会叫他为自己的所作所为感到羞愧，并且，我要给他应有的惩罚。"

狗摇了摇头，叹了口气，说："现在，我那个主人大概已经受到惩罚了。我倒不是说他会因为抛弃我而感到内疚。我是了解他的，他好吃懒做。而今，他眼睛看得见了，就得靠劳动谋生，而我担保他会留恋以往的好日子。想从前，他啥事不做，我领着他沿路乞讨，以过路人施舍的面包为生。我甚至要向你们承认，我真为他的命运担忧，因为我相信世界上没有比他更懒的人了。"

猫暗地里发笑。它觉得这只狗真傻，竟然还对一个抛弃了自己的主人那么关心。爸爸妈妈同猫的想法一样，他们直截了当地说："你还没有从不幸中吸取教训，你还会遭到不幸的！"

狗听见这些话，满面羞惭，耷拉着耳朵。小姐妹却抚摸着它的颈项。

玛丽纳特眼睛瞪着猫，说："这是因为它善良嘛！你呀，猫，你不应该取笑它。你也应该变得善良些才好。"

"我们和你玩的时候，"德尔菲纳说，"别再挠我们了，免得爸爸妈妈把我们关禁闭。"

"你昨天晚上又挠了我们！"玛丽纳特补充说。

猫觉得非常恼火，这下子轮到它感到羞愧了。它不搭理小姐妹，没精打采地蹒跚着朝里屋走去。它低声抱怨自己受了冤枉，说自己挠人只是开开玩笑，根本不是有意的，它实际上同狗一样善良，或许比狗更善良。

小姐妹觉得有条狗做伴是件挺愉快的事。每当她们要去买东西，便对狗说："你陪我们去买东西，好吗？"

"好的！"狗回答说，"快给我系上项圈。"

德尔菲纳给它系上项圈，玛丽纳特用绳子牵着它（或者玛丽纳特给它系上项圈，德尔菲纳用绳子牵着它）。她们三个一起去买东西。

路上，小姐妹一会儿告诉它牧场上有一群奶牛经过，一会儿又告诉它天空飘过了一团云彩。狗虽然看不见，但能知道这些也是高兴的，而且它还想知道得更多些。但是，她们总不能把所有看到的东西一一讲给它听，于是它就给她们提出许多问题来。

"哦，请你们告诉我这些鸟是什么颜色的，它们的嘴是什么样子的吧？"

"好的。最大的那只鸟，背上的羽毛是黄的，翅膀是黑的，尾巴是黑黄相间的。"

"那是一只黄鹂。它会唱歌……"

但黄鹂不是任何时候都唱歌的。狗为了让小姐妹知道黄鹂如何唱歌，就模仿黄鹂的声音唱起歌来。然而它唱来唱去，也只不过是一阵阵犬吠而已。狗的样子十分滑稽，使小姐妹不得不停下来笑个没完。偶尔有一只野兔或野鸭经过树林边，狗便立刻提醒小姐妹。它总把鼻子凑近地面，边嗅边说："我闻到了野兔味儿……瞧瞧那边……"

一路上，她们几乎都在嬉笑。她们比赛单脚跳，看谁跳得最快。当然，狗总是跳得最快的，因为它提起一只脚，还有三只脚可以在地上跑。

"这不合理。"小姐妹说，"我们只有一只脚跳。"

"但你们的脚大得多！"狗回答说，"像你们那样大的脚，跑起来比我要方便得多。"

每当狗陪小姐妹去买东西，猫总是有点难过。它现在和狗已建立了深厚的感情，从早到晚都在狗的脚边呼噜呼噜地叫。在德尔菲纳和玛丽纳特去上学的时候，它们俩就形影不离。雨天，它们藏在狗窝里聊天，或者挤在一块儿睡觉，但是，晴天狗就爱到田野上去跑跑。狗对它的朋友说："大懒猫，起来吧，我们去散散步。"

"呼噜，呼噜。"

"得啦，快起来给我带路。"

"呼噜，呼噜。"猫还是打着呼噜。它假装睡着了，和狗闹着玩。

"你想让我相信你是睡着了吧？可是我知道你没睡着。啊！我明白了，你想要……瞧！"

于是狗平卧在地上，猫便舒舒服服地骑到它的背上，它们就这样出发散步去了。

"笔直朝前走。"猫说，"向左拐……如果你累了，我

就下来自个儿走。"

但是，狗几乎从不觉得累，它说猫轻如鸿毛。它们在田野里、牧场上一边散步，一边畅谈农庄生活，谈论小姐妹和她们的爸爸妈妈。近来猫虽然偶尔也抓德尔菲纳和玛丽纳特两下，但它的确变得比过去善良多了。它总是为它的朋友担忧，询问狗对自己的处境是否满意，是否吃得饱、睡得好。

"狗呀，你在农庄里生活幸福吗？"它问狗。

"啊，幸福！"狗说，"我没有什么不满意的。大家对我都很好。"

"你嘴上这么说，可我发现你有心事。"

"我没有什么心事，我发誓。"狗说。

"你留恋你的老主人吗？"

"不。猫，说真话，我还有些怨恨他……但如果老是想着不愉快的往事，即使生活幸福，交上了些好朋友，也是枉然的。"

"当然，当然……"猫叹息说。

有一天，小姐妹问狗是否愿意陪她们去买东西。猫显得很不高兴，冲着她们说："你们自己去吧，没有必要让一条瞎了眼睛的狗来陪你们两个小淘气。"起初小姐妹只是觉得好笑，后来玛丽纳特便邀请猫陪她们去。猫从上到下打量了她一番，板起面孔说道："我这副样子，能去买东西呀！"

"我是想让你快乐快乐。"玛丽纳特说，"但是，你既然喜欢闲待着，那就随你的便吧！"

猫显出气冲冲的样子。德尔菲纳便弓着身子去抚摸它，可是它却把德尔菲纳的手给抓出血来了。玛丽纳特见猫抓伤了姐姐，生气了，弯下腰去扯住猫的胡子训斥道："我从来没见过像你这样坏的猫！"

"啊！"猫又抓玛丽纳特一爪，说："你活该！"

"哦！它又抓了我！"玛丽纳特惊叫道。

"是的，我抓了你。我还要去给爸爸妈妈告状，告你扯了我的胡子，让他们把你关禁闭。"

猫打算跑进屋去。狗虽然什么也看不见，却听得清清楚楚。它严厉地对猫说："猫呀，我原来还不知道你这样坏。我认为小姐妹是对的。你是一只坏猫。啊！我给你明说吧，我对你的行为很不满意……别理它啦，小姐妹，咱们买东西去吧。"

猫十分惭愧，无言以对，甚至连后悔的话都说不出一句。狗出发前，回过头来对猫说："我对你的行为很不满意。"

猫呆呆地站在院子中间，非常伤心。它现在明白自己不该抓人了，认识到自己做了坏事。但是，想起狗不再爱它，把它看作坏猫，这使它十分难过。它跑进仓库，在那里度过了这天所有剩余的时间。"然而，我是善良的。"它想，"虽然我抓了人，但这是考虑不周的缘故。我后悔做了坏事，就证明我是善良的。如何才能使他们理解我呢？"

晚上，听见小姐妹买东西回家来了，它待在仓库里不敢出来。它爬到天窗上，看见狗在院子里团团转，一边嗅，一边说："我没听到猫叫，也没嗅到猫的气味。小姐妹，你们看见它了吗？"

"没有。"玛丽纳特回答说，"可我真不想再见到它，它坏透了。"

"确实，"狗叹口气说，"它刚刚抓过你……"

猫觉得很委屈。它真想探身窗外，大声说，"这不是事实，我是好猫！"然而，它什么也没有说，因为它想，狗并不一定会相信自己。猫一晚上都没有合眼，度过了一个难熬的黑夜。第二天清早，它从仓库下来，眼圈红红的，到狗窝里去找狗。它面对狗坐下，十分羞愧地说："早安，狗……是我，猫……"

"早安，早安。"狗有点生气的样子，低声咕哝着说。

"你晚上失眠了吗，狗？你显得闷闷不乐的……"

"不，我睡得挺好……但是，我醒来时，眼睛看不见，这对我来说，总归是一件不愉快的事。"

"是的。"猫说道，"你看不见，我也感到难受。我想，如果你能够像对待你过去的主人那样对待我，我愿意把我的好眼睛换给你。"

狗激动得什么也说不出来，只想哭。

"猫，你真好。"狗结结巴巴地说，"我不愿……你太好了……"

猫听到这番话，也激动得全身都颤抖了。它不曾想到，心地善良会带来这么大的快乐。

"我一定要把好眼睛换给你。"猫说。

"不不，"狗反对说，"我不愿……"

狗找出许多理由为自己辩解，说它不看东西几乎已经习惯了；说它有不少朋友，这使它感到幸福……"

但是，猫不愿让步，它说："你呀，狗，你如果有一对好眼睛，就可以帮助家里干活；至于我，眼睛看得见又有多大用处呢？我请求你把瞎眼睛换给我。我是一只懒猫，只喜欢在阳光下或火炉旁睡觉。说实话，我的眼睛几乎一直是闭着的；即使我的眼睛瞎了，我也觉察不出来。"

猫说得非常真诚，表现得十分坚决，狗终于答应了它的请求。它们立刻就在狗窝里交换了眼睛。狗重见光明后做的第一件事，就是高声大喊："猫善良！猫善良！"

小姐妹走进院子，得知刚才发生的事，激动得热泪盈眶，拥抱着猫说："啊！猫多么善良！猫多么高尚！"

可猫呢，它偏着头，为自己变得善良而感到幸福，它甚至不觉得它已经双目失明了。

狗自从恢复了视力，就变得非常忙碌，除了中午和夜晚，从来没有工夫待在窝里休息。它不是被派去放牛羊，就是陪主人外出，或者到林子里走走，因为家里总有人要带它出门。

它毫无怨言，而且觉得自己从来没有这样幸福过。每当它回忆起为以前的主人带路，从一个村庄乞讨到另一个村庄的那些日子，就为它现在能到这农庄来而感到庆幸。它十分遗憾的是，猫表现得那么高尚，自己却没有多少时间陪猫玩了。它每天早晨起来，就驮着猫到野外去跑跑。对猫来说，这是一天里最幸福的时刻，它可以和朋友聊天。狗始终对猫怀着感激之情，还常为猫惋惜。猫却回答说：这没关系，简直不足挂齿。不过，每当回忆起它眼睛好时的快乐，它也不无忧郁：因为自己的眼睛瞎了，别人对它的照顾也就不那么周到了。小姐妹依然时常把它抱在膝盖上抚摸，但是，她们觉得同狗一起蹦蹦跳跳更有趣些；再说，一只瞎眼猫，也没有什么适合它做的游戏。

然而，猫却一点也不后悔。它想，它朋友的生活是幸福的，再没有什么比这更重要的了。它确实是一只非常好的猫。白天，没有人同它聊天，它就尽量趴在阳光下或火炉旁睡觉，并且一边满意地呼噜呼噜叫，一边说："我善良……我善良……"

一个夏天的早晨，天气热乎乎的，猫蹲在通往地窖的楼梯的最后一阶上乘凉，并像往常一样呼噜呼噜叫。不久，它感到有什么东西擦着它的毛在动。它不用看，就明白那是一只老鼠。老鼠吓呆了，甚至来不及逃跑，就被猫一爪抓住了。

"猫先生，"老鼠说，"放了我吧，我是一只迷了路的小老鼠。"

"一只小老鼠吗？"猫问道，"好呀！我……我要吃了你。"

"猫先生，假如你不吃我，我答应永远听你的话。"

"不，我宁愿吃了你，除非……"

"除非什么呀，猫先生？"

"是这样的，我是一只瞎眼猫，如果你愿意把你的眼睛换给我，代替我当瞎子，我就放你一条生路。你可以在院子里自由来往，我还会每天送东西给你吃……在这种情况下，你当瞎子倒更划算些。你可以安安静静地生活，不必成天担惊受怕，唯恐被我逮住。"

老鼠不想当瞎子，继续向猫求饶。猫善意地回答它说："你考虑考虑吧，小老鼠，不要轻易做出决定。我并不是忙得几分钟都不能等的。你要老老实实地说出心里话，这是我最需要听的。"

"好吧。"老鼠说，"可是，如果我不答应，你会吃掉我吗？"

"当然，小老鼠，那还用说。"

"那么，我宁愿当瞎子，也不愿被吃掉。"

中午，德尔菲纳和玛丽纳特放学回家，看见院子里有一只小老鼠在猫脚爪边玩，感到非常惊奇，更让她们感到奇怪的是，老鼠已把自己的眼睛换给了猫，猫重见了光明。

"这是一只善良的小动物。"猫说，"它心肠很好，我建议你们好好照料它。"

"放心好啦。"小姐妹说，"它什么也不会缺的。我们给它食物吃，给它铺床过夜。"

狗回家时，对朋友的痊愈喜出望外，甚至无法在老鼠面前掩饰它的快乐。

"猫表现得非常善良，"狗说，"瞧今天发生的事，它得到了应有的报答。"

"确实，它表现得非常善良……"小姐妹赞同地说。

"唉！"老鼠连声叹息说，"唉！唉！"

一个星期天，狗在窝里，躺在猫身旁打盹儿。当小姐妹带着老鼠在院子里玩的时候，狗抬起身来，神情不安地嗅着什么；接着，它汪汪地叫着，向它听见脚步声的路上跑去。原来，路上有一个面黄肌瘦、衣衫褴褛、疲惫不堪的流浪汉。他从屋旁经过的时候，向院子里瞥了一眼。他看见狗，感到很惊诧。他走到狗的面前，喃喃地说："狗呀，嗅嗅我吧……你不认识我啦？"

"认识。"狗低下头说，"你是我从前的主人……"

"狗呀，过去我虐待了你……但是，如果你知道我现在感到多么内疚的话，你肯定会原谅我的……"

"我，原谅你？才怪！"

"自从我重见光明以后，便成了一个可怜的人。我非常懒，懒得不想干活。我几乎一个星期才能吃上一顿饱饭。过去，我是瞎子，不需要劳动，人们同情我，给我东西吃，让我有地方住……你还记得吧？那时候，我们生活得多幸福呀……狗啊，如果你愿意，就再把瞎眼睛换给我，我再变成瞎子；你呢，还是给我带路……"

"那时候，你也许过得很幸福，"狗回答说，"可我却一点也不幸福。我对你的殷勤和友谊，你只是用拳打脚踢来报答，这些你都忘了？你是一个坏主人；自从我找到了好主人，我更看透你了。我不怨恨你，但是，你也别指望我再给你带路了；何况你从我这儿也换不到瞎眼睛了，我已经重见光明。猫非常善良，它把自己的好眼睛换给了我，而后来……"

没等狗说完，那人转身就走了。他找到了猫。猫正在狗窝门口打呼噜，他便抚摸着猫的毛，说："可怜的老猫，你真可怜。"

"呼噜。"

"我相信你一定渴望见到光明。如果你同意，我愿意把我的好眼睛换给你。在我们交换了眼睛之后，请你像狗过去那样为我带路。"

猫把眼睛睁得圆圆的，但却无动于衷地回答道："假如我还是瞎子，也许我会答应你，可惜自从老鼠把我的眼睛换去以后，我再也不是瞎子了。老鼠是一个善良的动物，如果你把情况告诉它，它是不会拒绝为你效劳的。瞧，它在那儿，小姐妹刚带它散步完，它正躺在那块石头上。"

去找老鼠之前，那人犹豫了一会儿。但是他非常懒，一想到要靠劳动过日子，就觉得特别难以忍受。他终于下定决心去见老鼠。他弓着身子，温和地对老鼠说："可怜的老鼠，你真值得同情呀……"

"哦！是的，先生。"老鼠说，"小姐妹和蔼可亲，狗也客气殷勤，可是，我还是渴望重见光明。"

"把你的瞎眼睛换给我，你乐意吗？"

"乐意，先生。"

"但有一个条件，你要为我当向导。我在你颈项上拴一根细绳，你给我带路。"

"这好办。"老鼠说，"你愿意到哪儿去，我就带你到哪儿去。"

小姐妹、猫和狗并肩站在院子门口，看着那人换了老鼠的瞎眼睛之后，就用细绳子拴住老鼠，让老鼠在前边给他带路。他走得很慢，而且踌躇不前，因为老鼠个子小，它用尽全力，才能把绳子勉强拉直。瞎子稍微动一动，可怜的老鼠就被拉得四脚朝天，而他还不知道。由于担忧和同情，德尔菲纳、玛丽纳特和猫连连长叹。狗呢？看见瞎子绊着路上的石头，每迈一步都战战兢兢，它就浑身发抖。小姐妹拉住狗的项圈，抚摸着狗的头。但是，狗突然挣脱小姐妹的手，径直向瞎子跑去。

"狗呀！"小姐妹大声喊。

"狗呀！"猫也放声大叫。

狗似乎什么也没听见，一直往前跑。瞎子把绳子拴到它的项圈上之后，它不忍看见小姐妹同它的朋友猫的哭泣，头也不回地朝前走去。

有学问的牛

德尔菲纳和玛丽纳特分别荣获了成绩优异奖和成绩优秀奖。老师小心翼翼地拥抱小姐妹，生怕弄脏了她们那漂亮的连衣裙。县长身穿绣花礼服，专程从城里赶来给同学们致辞。

"可爱的孩子们，"他说，"学习是件好事情。那些没有机会学习的人，是值得同情的。你们应该好好学习。我们面前的这两位身穿玫瑰色连衣裙的小姑娘，她们那金黄色的头发上戴着金灿灿的漂亮花环，这是她们过去努力学习所获得的荣誉。今天，她们的辛勤努力得到了应有的奖赏。另外，大家想想，这对她们的爸爸妈妈来说，该是件多么愉快的事啊！他们一定同自己的孩子一样感到自豪……"

颁奖典礼结束时，小学生们唱了一首歌，然后就各自回家了。德尔菲纳和玛丽纳特回到家里，就脱下漂亮的连衣裙，换上平时穿的粗布罩衫。她们并没有像往常一样抛球玩，或做跳背、喂洋娃娃、狼抓人、修房子、猫抓老鼠等游戏，而是开始谈论起县长的讲话来。她们觉得县长的讲话精彩极了。但是，她们感到烦恼，因为她们在自己的身边找不到一个不学无术的人来开导，使他懂得学习的好处。

德尔菲纳叹了口气，说："想不到咱们会有两个月的假期，这两个月是可以过得很有意义的啊！可是我们能干些什么呢？身边一个人也没有。"

在她们爸爸妈妈的牛棚里，养着两头个子一样高大、年龄完全相同的牛。一头牛身上布满了棕色斑块，另一头全身雪白。这两头牛好像一双鞋子一样，几乎形影不离，因此大家就称它们是"一对牛"。玛丽纳特走到棕斑牛的身边，一边抚摸着它的前额，一边对它说："牛呀，你愿意学习识字吗？"

棕斑牛没有回答。它还以为这是在同它开玩笑哩。

"学习是件好事！"德尔菲纳一本正经地说，"当你能看书的时候，你就能体会到，没有什么比学习更加令人愉快的了。"

棕斑牛开始思考了。可是它心里早就有了一个想法。它说："识字？这有什么用呢？难道识了字，犁头就会变得轻些吗？难道识了字我就会有更多的饲料吃吗？这当然是不可能的事，这只会是枉费心机白吃苦。谢谢你，小姑娘，我才不会像你想象的那么蠢哩。老实说，我不愿意学。"

"喂，牛。"德尔菲纳反驳说，"你的话是没有道理的。你仔细考虑考虑再决定吧，机不可失。"

"我考虑过了，可爱的小姑娘。我不愿意学。啊，要

119

是学做游戏，我倒是乐意的。"

　　玛丽纳特的头发比她姐姐的更黄，性情也更急躁。她说："它不学拉倒，让它一辈子不学无术，做头没出息的牛吧。"

　　"你这话讲得不对。"棕斑牛说，"我可不是没出息的牛。我的工作一直干得挺好，任何人都无可责备。你们俩要我学习，这真好笑，似乎不学习就不能过日子似的。请你们别误会，我可没说什么坏话。我只是觉得学习不是牛的事，就没有证据证明哪头牛学习过。"

　　"这完全谈不上证据不证据。"玛丽纳特争辩说，"如果说牛什么也不懂，那是因为它们从未学过什么知识。"

　　"无论如何，我是不愿意学的，你们不用白费口舌了。"

德尔菲纳想尽量说服它，结果无济于事，它执意不肯。小姐妹见它性情固执，就转身要求白牛学习识字。白牛被她们的关心感动了。它非常喜欢她们，不愿拒绝她们的要求而伤了小姐妹的心。另外，它还因自己将来有可能成为一头出类拔萃的反刍动物而感到高兴。它是一头有出息的牛。它温驯、耐心而又勤劳，就是有些傲慢和自负。在耕地的时候，当主人责备它时，它总是竖起两耳，这种高傲的姿态完全体现出它的性格。但是每一头牛都各有不足，十全十美的牛是没有的。这头白牛尽管有些小缺点，却是一头不平凡的牛。

"听我说，小姑娘。"它对小姐妹说，"我几乎想用我兄弟的话来回答你们，说学

会看书对我们牛来说并没有什么用处。但是我想要让你们高兴。即使学习对一头牛来说并没有什么意义，可也不会有什么害处，何况学习也是有趣的。只要这事不给我带来麻烦，我同意试一试。"

找到了一头有志气的牛，小姐妹十分高兴。她们称赞它的聪明，说："牛呀，我担保你会学得很快、很出色的。"白牛听到夸奖，就将头搭到她们肩上，颈项挤出了波浪状的皱褶，如同我们得意的时候表现出神气活现的姿态一样。

"是的，"它低声说，"我也相信自己是有才能的。"

当小姐妹离开牛棚去拿识字课本的时候，棕斑牛认认真真地问她们："告诉我，小姑娘，难道你们也想学习反刍吗？"

"学反刍？"她们哈哈大笑，"我们学来干什么呢？"

"你们问得好。"棕斑牛得意地说，"学来干什么呢？"

德尔菲纳和玛丽纳特决定对白牛学习的事暂时保密。将来，等白牛有了渊博的学识，她们再告诉爸爸妈妈，让他们感到诧异。

白牛起初的学习情况比小姐妹预料的要顺利得多。白牛的确有天分，并且自尊心也很强。由于棕斑牛的讥笑，它反而格外努力地学习拼读字母。不到十五天，它就学完了字母的发音，甚至能背诵字母表。每逢星期日、下雨天以及平时收工回家后，德尔菲纳和玛丽纳特就背着爸爸妈妈给它上课。可怜的牛常感到剧烈的头痛，并常常大声说梦话："B—A—ba，B—E—be，B—I—bi"，有时甚至半夜被惊醒了。

"老是读B—A—ba，真蠢。"棕斑牛抱怨说，"自从两个小女孩教你识字以来，简直没法安静地睡一觉。再说，你将来不会为此感到遗憾吗？"

"你永远也体会不到，"白牛反驳说，"学会元音、辅音，最后拼读成音节，这是件多么愉快的事。这会使生活变得饶有兴味。我现在才明白人们为什么如此高度赞美教育。我已经感到我不再是三个星期以前的牛了。学习是件多么令人愉快的事啊！但是并非谁都能学好，这要看各人的能力。"

看见白牛的学习进步得这样快，棕斑牛常常问自己自暴自弃、安于无知是否明智。但是当年的草长得格外鲜嫩茂盛，而且富有榛子的美味，使它一下子又打消了想要学习的念头。

德尔菲纳和玛丽纳特对自己取得的成绩感到很满意。白牛在学习上有了惊人的进步。一个月以后，它就学会了数数，并几乎能流畅地阅读，甚至还学会了一首诗歌。它变得那样好学。它在牛棚的喂草架上摆着书本，一面阅读，一面用舌头翻动书页。它有时摆一本算术，有时摆一本语法，有时又摆一本历史，不然就摆一本地理或一本诗集。它越学习兴趣就越浓，对一切书籍都爱不释手。

它常常说："我活在世上，怎么能对这些美好的东西一无所知呢？"

无论在地里干活，还是在路上行走，它都不断地思索它所学过的东西。要知道，它已是一头满六岁的牛了。牛到了这种年龄，就像一个二十五到三十岁的人一样能懂道理了。可惜的是由于过分好学，再加上繁重的田间劳动，它被拖得疲惫不堪了。最糟糕的是，由于不停地思考问题，以致废寝忘食，它的身体也瘦弱下来了。小姐妹眼看它身体消瘦、眼睛发黄、面容憔悴，感到十分忧虑。

"牛呀，"小姐妹对白牛说，"我们对你的学习成绩很满意。你现在知道的东西几乎跟我们一样多了，说不定比我们还知道得多些。因此，你该休息休息了。你的健康状况也要求你多休息。"

"我一心想充实我的头脑，我才顾不得我的健康哩。"

"你也得适可而止才好。要是你像我们一样上学，你就会明白，打疲劳仗并无好处，干什么事都得有张有弛。我们在学校学习就有课间休息，还有假期什么的……"

"假期？"白牛说，"那好，就让咱们来聊聊假期的事吧。说真的，谈这个我是不会生气的，不会的。"

小姐妹对白牛这番话的用意感到很费解，用臂肘互相推了推，似乎在说："它怎么啦，它怎么会这样呢？"

"啊！我知道你们的心思，"白牛说，"你们不必用臂肘互相推碰了。我一点也不糊涂，我清楚自己说了些什么。你们和我谈到假期，谈到这样那样的事，认为我应该休息。那挺好，我同意你们的意见，这正是我要回答你们的话。啊，休假真是美极了。然而真正的假期，应该是让我按自己的兴趣和能力去学习。能把时间用于阅读诗人的作品，了解学识渊博的学者们的业绩，这才叫生活。"

"也应该好好玩玩嘛。"玛丽纳特说。

"我犯不上同你们争论。"白牛叹了口气说，"你们都是毛孩子。"

接着，它又埋头读起了一本地理书，同时甩了甩尾巴，暗示小姐妹，它讨厌她们待在那儿。小姐妹尽量劝说它，可一切终究无济于事，它始终固执己见。

"既然你不愿休假，"玛丽纳特说，"那你至少应该别让人发现你在学习。每当我想起你面前总是摆着本打开的书，我就担心爸爸妈妈会偶然发现你在……"

从这一句话，大家就可以断定这两个金发姑娘再也不敢担保她们做的是件聪明事了。不过她们也从未向任何人炫耀过她们干的这番事业。

显然，主人也不会发现不了白牛的举止神情发生了变化。一天黄昏，男主人发现白牛坐在牛圈门口，似乎在漫不经心地欣赏着原野的风光。

"牛，你在干什么呀？"他问道。

白牛摇了摇头，眯缝着眼睛，柔声柔气地说：

我正坐在门槛上

观赏这光彩夺目的

晚霞……

主人不知道，不然就是忘记了这是维克多·雨果的诗句，他称赞说："这头白牛倒挺会说话。"

但他马上又怀疑在白牛的动听的词句中隐藏着令人担忧的奥秘，因此他自言自语地说："嗯，我不知这头白牛怎么啦，最近我发现它的神态有些古怪，举止有些反常。"

他没有注意到女儿们的表情。小姐妹看见这尴尬的情景，急得面红耳赤，心里忐忑不安。

"喂！快进你的牛栏去吧。我可不喜欢这样装模作样的牛。"当爸爸这样高声训斥白牛时，小姐妹更急了，泪珠夺眶而出。

白牛站起来，愤愤不平地瞪了主人一眼，就走进牛栏，同棕斑牛站在一起。不久之后，在田间干活时，主人发现它有些恍惚。它脑子里记了那么多的漂亮诗句、历史年代、数学公式、成语格言，以致对主人的训斥也心不在焉。有时候，它简直什么也不看，把犁头拉得东倒西歪；耕到田边土角时，犁头竟滑进土沟里去了。

"当心点。"棕斑牛用肩膀推了它一下，说，"你这样会让咱们又挨训的。"

白牛高傲地抖了抖耳朵。即使它答应笔直朝前走，但刚走几步就又越出了犁沟。有一天上午，牛正在犁地，主人并未吆喝，它就突然停住，并放开嗓门说起话来："两个水龙头以每分钟25立方分米的流量流入一个高为75厘米的圆柱形容器。已知其中一个水龙头单独流满容器需要30分钟，另一个水龙头单独流满的时间比两个水龙头同时打开流满容器的时间多三倍，求容器的体积、直径和需要多少时间容器被注满……有趣，太有趣啦……"

"它怎么说些莫名其妙的话？"主人问，"喂……假设两个水龙头都关上……会怎样呢？总而言之，你得给我把你所说的解释清楚……"

但白牛是那样聚精会神地寻求答案，以致对主人的话丝毫也没留意。它纹丝不动地站着，嘴里叽里咕噜地念着数字。自古以来，牛就以性情温驯著称，人们还从未见到过哪头牛不听使唤的。因此，主人对白牛的这种情状大为惊奇。"这牛怕是生病了。"他这样想着，便放下犁柄扶手，走到牲口套前，用和蔼的口吻问道："你不舒服啦？喂，坦率地告诉我吧，你哪儿不舒服？"

白牛却顿着蹄子，生气地答道："告诉不告诉都一样倒霉。我完全任人摆布，连静静思考一分钟的机会都没有，似乎我除了穿枷戴锁为人拉犁就不能干点别的事了。"

主人愣在那里，思索白牛说的话是否有理。棕斑牛虽然丝毫没有流露出不安的情绪，但是这件意想不到的事依旧使它忧伤。它清楚地知道白牛发脾气的原因。但是，作为白牛的好伙伴，它不肯把这原因讲出去讨主人的欢心。同它相处，白牛是不用担心的。最后白牛平静下来，很不愉快地说："好吧，我刚才心不在焉了。咱们不用争了，重新干活吧。"

当天午餐时，小姐妹听了爸爸说的一番话，害怕极了。

"那头白牛变得可讨厌了。"他说，"今天上午它又干尽了蠢事，真把我气疯了。它不仅干活一塌糊涂，还无理顶嘴。我简直批评不得它了，这还了得！要是它继续这样，我少不了把它卖到屠宰场去……"

"卖到屠宰场去？"德尔菲纳问，"为什么？"

"瞧你，这还用问！给人吃呗，就这么回事。"

德尔菲纳立刻痛哭流涕。玛丽纳特却争辩说："吃白牛？我可不愿意。"

"我也不愿意。"德尔菲纳也说，"咱们可不能因为它脾气不好或感情忧郁就吃掉它。"

"也许该安慰安慰它吧！"

"咱们无论如何也没有理由吃掉它。"

眼看她们的朋友面临危险，小姐妹又吵又闹，顿足捶胸，痛哭不止。爸爸见了非常气愤，大声说："住嘴，两个多嘴多舌的傻丫头！这些事，小孩子甭管！坏脾气的牛只能送去屠宰场。如果我们这头牛不改邪归正，送去也是没办法的事。"

当小姐妹走出饭厅时，爸爸已经平息了怒气，笑嘻嘻地对他的妻子说："要是照她们的说法，我们就让所有的家畜老死算了。至于这头白牛嘛，我看最近是无法卖的。它变得这样枯瘦，卖也卖不出好价钱。我很想弄清楚它这样枯瘦的原因，我总觉得它的行为反常。"

德尔菲纳和玛丽纳特跑到牛圈里，给正在学习语法的白牛通风报信。白牛看见小姐妹，便闭上眼睛准确地把挺难掌握的分词规则背诵了一遍。玛丽纳特却把语法书没收了。德尔菲纳跪在草料上，说："牛呀，如果你再不好好拉犁，继续胡乱顶嘴，你就要被卖掉了。"

"小姑娘，我可不在乎这个。在这个问题上，我完全赞成拉封丹的观点：'我们的敌人就是我们的主人。'"

连小姐妹都觉得白牛不逗人喜爱了。不管怎么说，它应该对她们说几句表示歉意的话才是嘛。

"你们看清它的真面目了吧。"棕斑牛说，"它现在既不认主人，也不识朋友了。"

"被卖掉，我才不在乎。"白牛又说，"我在其他的地方一定会比在这儿更受器重，这是毫无疑问的。"

"可怜的牛呀，"德尔菲纳说，"主人要把你卖到屠宰场去。"

"让人吃掉。"玛丽纳特恨它不讲交情，就干脆地说，"你要是被吃了，这可能是我们的过错。当初，我们真不该劝你学习文化。应该承认，如今你变得这么令人讨厌，就是因为你受了教育。如果你不愿被人吃掉，你就应该把学到的知识忘掉。"

"我当时就说过，所有这一切对牛来说都是毫无意义的。"棕斑牛叹了口气说，"可你们就是听不进我的劝告。"

它的伙伴从上到下打量了它一番，用轻蔑的口吻回答道："是的，先生。我过去鄙视过你的见解，我现在同样鄙视。你要知道，我可一点也不后悔。至于要我忘掉学到的任何知识，我是不会同意的。继续学习，永远学习，宁死也不荒废学业，这就是我唯一的愿望，这就是我唯一的抱负。"

棕斑牛并不生气，反而友好地说："你可知道，要是你死了，我会多么伤心呀。"

"得啦，得啦。嘴上都会说，可是内心……"

"且不说这对你来讲并非是件愉快的事。"棕斑牛继续说，"有一天我进城，看到一头死去的牛被倒挂在肉铺门口。要是你不当心点，就会遭到同样的不幸。"

白牛并不想死。虽然它进行过争辩，最终还是接受了小姐妹的劝告。

"白牛，"小姐妹对它说，"县长先生的讲演对牛是不适用的。如果当初考虑得周到些，我们就不会教你学文化，而要教你做游戏了，比如，蒙住眼睛击掌猜人呀、狼抓人呀，打弹子呀，喂洋娃娃呀，猫抓老鼠呀……"

"不，学文化还是应该的。"白牛又争辩说，"游戏是让孩子们玩的。"

"可我，"棕斑牛放声大笑，说，"我觉得我倒挺喜欢做游戏，比如打弹子、猫抓老鼠什么的。虽然我不会做，但是，玩起来一定很痛快。"

小姐妹答应教棕斑牛做游戏。白牛发誓今后努力在田间干活，在主人面前再也不三心二意了。

后面整整七天中，白牛不再读书了。不幸的是，在这短短的几天中它的体重一下子又减轻了二十七斤零三百克。哪怕是牛，这也是非同小可的。小姐妹明白，这种状况不能再继续下去了。于是，她们就从自认为最没趣味的书里选了几本给白牛看，其中一本是谈雨伞的制作的，另一本是关于治疗风湿病的古书。但白牛觉得这些书是那样迷人，连读了两三遍还嫌不过瘾，干脆把两本书都背下来了。"再给我些别的书看吧。"当它背熟这两本书后这样请求小姐妹。小姐妹只得满足它的愿望。自那以后，白牛又重新如饥似渴地学习。无论是进屠宰场的威胁和主人的训斥，还是棕斑牛的友好劝诫，都不能使它停下学习的步伐。

德尔菲纳和玛丽纳特想用打弹子、捉迷藏、猫抓老鼠等有趣的游戏来吸引学识渊博的白牛。她们教棕斑牛做这些游戏。棕斑牛很乐于学做游戏，且比它的同伴通情达理得多。它成天蹦蹦跳跳、嘻嘻哈哈的。这样，两头牛就变得更加合不来了，还经常拌嘴。

"我不理解。"白牛悲伤地看了伙伴一眼，严肃地说，"我不理解……"

"可别这么说，难道让我笑笑都不行吗？"棕斑牛打断它的话，说，"对我来讲，这些事可新鲜啦，我禁不住要发笑。"

"我不理解为什么你会轻佻到如此地步。长宽相乘求得长方形的面积，莱茵河发源于圣哥达峰，查理·马特七三二年战胜了阿拉伯军队……当我想到这些的时候，我就为你成天只知道做些乏味的游戏、安于一无所知而感到难过。你已经六岁了……"

"哈哈哈……"棕斑牛前俯后仰，放声大笑。

"傻瓜！至少你不应该玩得太疯狂了，不应该干扰我的学业。你还有完没有？"

"听我说，老朋友，你把书放一会儿，咱们俩做个什么游戏吧……"

"你疯了！似乎我闲着没事干……"

"玩鸽子飞，只玩一刻钟……只玩五分钟……"

有时候，在棕斑牛答应让它安静学习的条件下，白牛也陪着棕斑牛玩一会儿。可是它一心想的是学习，玩得可蹩脚啦，几乎每次都输。这使棕斑牛感到很乏味，嫌白牛太差劲，很生白牛的气。

"你每次都答错。你那样博学，怎么连什么叫房子都不知道呢？你怎么说房子能飞呢？哼，依我看，你那脑子并不灵……"

"我的脑子比你的灵，"白牛说，"只不过我对这些无用的事不感兴趣罢了。这正是我引以为豪的。"

它们的游戏往往不是在互相踢脚中结束，就是在相互谩骂中收场。

一天晚上，玛丽纳特看见它们在吵架，便对它们说："就这么个气派呀！你们说话不能和气点吗？"

"开个玩笑它都输不起……"棕斑牛说。

它们俩变得情绪对立，再也无法相处了。它们一起耕地的时候，白牛越来越心不在焉。需要往前走时，它反而往后退，需要往右转时，它却偏偏往左拐。它的伙伴每每停下来都呵呵地笑一阵子，或者转身面向主人，给他打个谜语："四只蹄子挨着四只蹄子，四只蹄子往前走，四只蹄子停下来。你猜是什么？"

"得啦！咱们不是来这儿说傻话的。吁！"

"对啦。"棕斑牛笑嘻嘻地说，"你说这话还不是因为你猜不着。"

"我猜不着？我根本不想猜。干活！"

"四个蹄子挨着四个蹄子。瞧，这并不难猜……"

主人用刺棒扎它，它才又继续干活。可是白牛却停下来自言自语："两点之间是否直线最短？"或者问，"拿破仑（有时候它又说是'恺撒'）是否是历史上最伟大的军事家？"主人看到自己的牲口干活时的情况，感到很伤脑筋。有时候花了整整一个上午耕完的一块地，下午还得返工。

"这些家伙，会把我气死的。"主人回到家里，说，"啊，我是不是该把它们卖掉……可是白牛越来越瘦，一时是卖不掉的。我要是只卖掉变得讨厌了的棕斑牛，留下一头白牛又有什么用处呢？"

德尔菲纳和玛丽纳特听了这番话，感到有些内疚。然而，她们也感到高兴，因为两头牛都不会被卖到屠宰场去了。可她们哪里知道，白牛说漏嘴，会把事情全盘搞糟呢。

一天下午收工回家，棕斑牛同小姐妹在农场院子里玩猫抓老鼠的游戏。它的个子太高大，做这个游戏时，它爬不上酒桶，蹬不上方凳，攀不上洗衣机。但是小姐妹迁就它，只要它把一只蹄子放在什么东西上就算数。主人见到这类游戏并不高兴。因此，当棕斑牛在井栏杆上装着休息的瞬间，主人猛力抓住它的尾巴，生气地对它说："你的洋相出得有没有个完？你们瞧瞧这大傻瓜，它是怎么个玩法！"

"怎么啦，"棕斑牛说，"现在我连玩游戏都不准吗？"

"你什么时候正正经经干活，我就什么时候准你玩。滚到牛栏里去！"

接着，主人又发现白牛在它刚刚喝过水的石槽里做物理实验，便对它说："你呀，我也一样奉劝你要努力干活。并且，我也已经有办法叫你们不得不好好干活了。你也给我进牛栏去等着。你这样在水里胡闹，像什么话呢？快滚！"

由于中断了实验，加之主人用这种语气训斥它，白牛大为不满，顶嘴说："你用如此粗鲁的话去训斥一头像我的伙伴那样愚昧无知的牛是可以的，因为它对文雅的言辞的确是一窍不通，但是你不能这样对待一头像我这样有知识的牛……"

小姐妹站在一旁向它做手势，暗示它要保守秘密，但它却继续说："像我这样精通科学、文学和哲学的牛……"

"怎么？原来你如此博学，我却不知道呀！"

"可这是事实，先生。我读过的书，你一辈子也读不完。我比你全家知道的事情都要多。你以为像我这样多才多艺的牛，被逼着去田间干活，是恰当的吗？先生，难道你以为哲学应该在犁头前研究吗？你责备我田间的活儿干得蹩脚，可我有本事干其他更重要的事呀。"

主人聚精会神地听它讲，并且不时地摇摇头。小姐妹满以为早就生了气的爸爸知道白牛的学习经过后会更加气愤，但是完全出乎意料，她们听到爸爸这样说道："牛呀，你怎么不早告诉我呢？我要是早知道，就不会强迫你去干如此繁重的农活了。我对科学和哲学是非常尊重的。"

"文学也不应例外。"牛说，"看来，你把它给忘了。"

"我也非常尊重文学。好啦，一切都弄明白了。从今以后，你就留在家里安安静静地完成你的学业。我再也不忍心让你挤睡眠时间学习、读书和思考问题了。"

"主人，你真好。我该如何感激你的恩德呢？"

"这是不必提的，只是你要多多保重。我希望你能精通文学、科学和哲学，面庞也丰丰满满的。你只管学习、吃饭、睡觉，其他什么事也不必管。农活全由棕斑牛干。"

白牛对主人的明智敬佩不已，小姐妹也为爸爸感到自豪。唯独棕斑牛对这一决定愤愤不平。但它是不应该如此的。虽说它单独干活要吃力些，但比起同它那心不在焉、东想西想、一味与它背道而驰的伙伴一起干活还是要好受些。

至于白牛，可以说它生活得美满幸福极了。它下定决心攻读哲学。由于有了充足的时间和精美的饲料，它便成天安安静静地钻研，长得腰圆腿壮、气色喜人。主人发现它的体重增加了七十五公斤，便决定把它同棕斑牛一块儿卖给屠夫。这时白牛已经掌握了丰富的哲学知识。幸运的是，它们被牵到城里的那天，正巧遇到一个大型马戏团来到广场上。马戏团老板经过它们身边时，听见白牛正在谈论科学，朗诵诗歌。他想，要是自己的马戏团里有这样一头有学问的牛倒也不错。于是他马上出高价买下了白牛。棕斑牛后悔自己当初错过了学习的良机。

"把我也买去吧。"它说，"我确实没学问，但是，我会做有趣的游戏，让观众发笑。"

"买下它吧。"白牛说，"它是我的朋友，我可不能离开它呀。"

马戏团老板犹豫了一下，就决定买下棕斑牛。他一点也没有什么可后悔的，因为两头牛都表演得很出色。第二天，小姐妹来到城里，为她们的朋友表演的精彩节目喝彩。想到这是最后一次见到它们，小姐妹心中不免有些难过；而一心想在巡回演出中继续学习的白牛呢，也不禁流下了眼泪。

爸爸妈妈又另买了一对牛……

想要变成孔雀的猪

一天，德尔菲纳和玛丽纳特对爸爸妈妈说，她们再也不愿穿木屐了。事情的经过是这样的：

小姐妹有个大表姐，名叫弗乐娜，约莫十四岁，家住县城，不久前来农庄玩了一个星期。由于她一个月前获得了初等教育修业证书，爸爸妈妈就给她买了一块金表、一只戒指和一双高跟鞋。她还有三条礼服裙：一条是粉红色的，配着一根金灿灿的腰带；另一条是草绿色的，肩上绣着一对黑色蝴蝶结；还有一条是蝉翼纱的。弗乐娜不戴手套是不出门的。她看表时，把手臂弯得圆圆的，开口谈话也全是些打扮呀，衣帽呀，烫发钳呀，等等。

弗乐娜走后，小姐妹就用臂肘你推推我，我推推你，互相给对方示意。于是德尔菲纳对爸爸妈妈说："穿木屐真不方便，把脚夹得怪疼的。有时候，水还会把脚打湿。如果穿皮鞋，尤其是穿高跟皮鞋，这种麻烦事就少多了，何况穿皮鞋也要漂亮得多。"

"连衣裙我们也穿腻了，"玛丽纳特接着说，"最好把箱子里的礼服裙经常拿出来穿穿，免得整个星期总是穿粗布罩衫。"

"头发也是一样。"德尔菲纳又说，"要是把头发卷起来就方便得多，也漂亮得多，免得披头散发的……"

爸爸妈妈皱了皱眉头，瞪了女儿们几眼，然后长长地叹了口气，严肃地说："听到你们这些歪道理，我们烦死了。什么再也不穿罩衫呀，拿礼服裙出来穿呀……你们头脑发昏了，是不是？你们想天天穿皮鞋、穿礼服裙，这样穿不了三天就会全让你们给糟蹋了；等到你们要去看阿尔弗雷德叔叔的时候，就没有一件体面的衣服可穿了。说到卷发，更是胡思乱想。哼，你们要是再提卷发……"

小姐妹再也不敢向爸爸妈妈提卷发、礼服裙和皮鞋的事了。可是，她们俩单独在一起的时候，无论是在上学还是回家的路上，无论是在牧场上放牛还是在林子里摘草莓，她们总是在木屐里垫上石子当高跟鞋穿，把裙子翻过面来当新裙子穿，还用细绳把头发扎起来，并且常常相互问道："我的身材苗条吗？我的步子迈得够不够小？你不觉得我的鼻子太高吧？我的嘴唇呢？我的牙齿呢？你看我穿粉红色裙子是不是比穿蓝色裙子更加合适？"

在房间里，她们没完没了地照镜子。她们梦寐以求的是穿上华丽的服装，把自己打扮得更漂亮些。就连农庄里养的那只白兔子，虽然她们十分喜爱它，却也盘算着有朝一日用它的毛做一条漂亮的围巾。一想到这件事，她们自己都觉得脸红。

一天下午，德尔菲纳和玛丽纳特坐在农庄前的篱笆背阴处缝桌布。一只大白鹅站在她们旁边，看她们做针线活儿。这是一只很不爱动的鹅，只喜欢聊天和有趣的娱乐。它要小姐妹给它讲讲缝桌布的方法。

"我多么想试着缝一缝呀，"它对小姐妹说，"尤其是缝桌布。"

"你喜欢缝桌布吗？"玛丽纳特回答，"可我更喜欢缝连衣裙。啊，我要是有布，比如有三米淡紫色的绸子，我就给自己做一条圆领的连衣裙，两边都打上褶子。"

"我呀，"德尔菲纳说，"我要做一条尖领的红色连衣裙，从领口到腰缝上三排白色纽扣。"

听了小姐妹这番话，鹅摇了摇头，低声说："你们有你们的爱好，可我只喜欢缝桌布。"

院子里，一头肥猪正不慌不忙地溜达。

小姐妹的爸爸妈妈对它说："你长肥了，也越长越漂亮了。"

"是吗？"猪回答道，"听到你的夸奖，我真高兴。我也觉得自己很漂亮。"

爸爸妈妈有些尴尬，就走开了。他们从小姐妹面前走过的时候，也夸奖了她们一番。德尔菲纳和玛丽纳特赶忙穿针引线，一句话也不说，看样子还缝得挺专心哩。可是等爸爸妈妈一转身，她们就又谈论起裙子、帽子、亮铮铮的皮鞋、烫发、金表什么的，手里的针线活儿也就放慢了速度。她们还假扮太太串门儿。玛丽纳特抿紧嘴唇问德尔菲纳："亲爱的太太，你在哪儿做的这件漂亮衣服呀？"

鹅听不懂她们在说些什么，感到很乏味，就开始打瞌睡了。这时，一只游手好闲的公鸡从院子尽头走了过来，站在鹅跟前，怜悯地看着它，说："我不愿吹毛求疵，但是你的脖子的确长得太滑稽了。"

"脖子滑稽？"鹅反问道，"哪点滑稽呀？"

"那还用问，太长了呗！你瞧我的……"

鹅打量了一会儿鸡，摇了摇头，回答说："嗯！我看你那脖子太短了，短得简直不像样子。"

"太短了！"公鸡大声嚷道，"你反咬一口说我的脖子太短了！不管怎么说，我这脖子比你的漂亮。"

"我才不信。"鹅说，"不过，没有必要同你争什么输赢。反正你那脖子太短，像个缩脖儿。"要是小姐妹不是一心想着裙子和头饰的话，她们准会注意到公鸡受了很大的委屈，一定会设法让它们和好。

公鸡冷笑了一声，不客气地说："你说对啦，没必要同你争什么输赢。且不说脖子如何，就是别的方面我也都比你强。瞧我这羽毛，有蓝色的，有黑色的，还有黄色的，而最美的是我的羽冠；可你呢，瞧你那副模样真够滑稽的。"

"看到你那副模样真叫我腻烦。"鹅争辩说,"你那一身乱糟糟的杂毛,令人生厌。说到你头上的那个羽冠嘛,要是让一个多少讲究点穿戴的人看见,他会觉得那是多么俗气呀!"

公鸡一听,大发雷霆,它冲着鹅跳了过去,声嘶力竭地嚷道:"大笨蛋!我比你漂亮!你听见了吗?我比你漂亮!"

"你错了,蠢货!最漂亮的是我!"

听到争吵,小姐妹中断了她们谈裙子的话头,准备去劝解。可是猪听见吵闹声,飞快地跑到公鸡和鹅的面前,上气不接下气地说:"你们怎么啦?你们俩头脑发昏了是不是?瞧,最漂亮的要数我!"

小姐妹,甚至公鸡和鹅都哄然大笑。

"嘿,我不明白你们笑啥,"猪说,"你们不是在争论谁最漂亮吗?"

"开玩笑!"鹅说。

"我可怜的猪,"公鸡说,"你要能瞧瞧自己,就知道你是多么丑陋了!"

猪瞪了公鸡和鹅一眼,然后叹了口气,说:"我明白了,你们俩都嫉妒我。其实呢,你们不会见到有谁比我更漂亮的了。请注意,小姐妹的爸爸妈妈刚才还夸我哩。得啦，你们要是讲真话，最漂亮的自然还得数我！"

正当它们争吵不休的时候，一只孔雀来到了篱笆的转角处，大家就都不吭声了。这只孔雀，有着金褐色的翅膀，长长的翠绿色羽尾上布满了红棕色的圆状花纹，点缀着天蓝色的斑点。它头上长着美丽的羽冠，走起路来姿态高傲。它当即发出一阵优雅的笑声，向一旁侧着身子，炫耀自己的美丽，并对小姐妹说："我在这里看着它们吵嘴，真要笑死了。嘿，真要笑死了。"

孔雀略停一停，又微笑着说："要评定它们三个中谁最漂亮，可是一个难题。瞧这猪，它长着一身红润的油光光的皮肤，并不算丑。我也挺喜欢鸡，它头顶上长着一个不大的冠子，浑身覆盖着鸟羽，活像个刺猬。再说我们善良的鹅，它的举止多么大方优雅，肉冠显得多么庄重……啊，好了，让咱们说正经话吧。姑娘啊，当自己远远谈不上十全十美的时候，最好别去奢谈美丽，你们说对吗？"

小姐妹为猪、鸡、鹅，也有些为她们自己感到羞愧。但是由于孔雀奉承她们，称她们"姑娘"，她们就没有勇气责备孔雀无礼了。

"不过，"孔雀继续说，"可以原谅它们，因为它们不懂得什么是真正的美……"

孔雀神气活现，在地上慢悠悠地旋转了一圈，让大家都能看清它的丰姿。猪和鸡瞪圆了眼睛，盯着孔雀，惊讶得说不出话来。只有鹅不惊不诧，它平静地说："当然，你并不丑……我认识一只鸭子，它的羽毛同你的一样美，然而，它并不装模作样。你可能会说它比你少一个拖地扫灰的羽尾，它的头上也没有你那样的羽冠，那就只有随你的便了。不过，我可以明白地告诉你，这羽冠、羽尾并不是非有不可的，没有这些，它也过得挺好。我的头上也没有羽冠，后面也没有一米长的羽尾，我也过得挺好；而且我认为，有了这些装饰品，反而会显得不庄重。"

在鹅说这番话时，孔雀几乎厌烦得打哈欠。它简直懒得搭理。这时鸡又鼓起了勇气，想同孔雀比一比究竟谁的羽毛更美。但它突然不敢作声了，几乎足足一分钟没透过气来。原来孔雀已经开屏了，美丽的羽尾在它身后像一把打开了的圆圆的大扇子。鹅看得眼花缭乱，不禁惊叫了一声。猪也感叹不已，向前跨进一步，凑拢去欣赏这从未见过的奇观。但孔雀赶忙往后一跳，说："请别靠近我。我是一只高贵的动物，不三不四的家伙要挨着我，我可受不了。"

"我向你赔礼道歉。"猪结结巴巴地说。

"不，不，我刚才是信口开河，我才该向你道歉哩。

你明白吗？要变得像我这样美，需要吃许多苦头；要保持这种美，也要吃同样多的苦头。”

“怎么？”猪惊奇地问，“你从前很丑吗？”

“可不，我刚出生时，身上只有稀稀疏疏的绒毛，亏得后来精心保养才慢慢变成你们现在看到的这个样子；也多亏我妈妈严格管教我，否则我还是老样子哩。她总对我说：‘别吃蚯蚓，这会影响羽尾的生长；别单脚跳，不然羽尾会长歪的；别吃得太多，吃饭时别喝水，别到污水坑去走……’清规戒律可多啦，妈妈既不准我同鸡来往，也不准我与城堡里的其他家禽家畜接触。我住的那个城堡你在这儿都看得见，里边常常是冷冷清清的，除了同猎兔犬一道陪城堡主人散散步以外，我总是孤孤单单的。要是妈妈看见我贪玩或胡思乱想，她就会大声责备我是小淘气，不能这样疯疯癫癫的！‘你没有看见你走路的姿态，你的羽冠、羽尾都变得土里土气了吗？’真的，她就是这样管教我的。啊，那种生活才没趣呢。就连现在——也许你不会相信我的话——我还得遵守严格的生活制度。为了不长胖，不失去鲜艳的色彩，我不得不严格地限制自己的饮食，并且还要做体操，进行体育活动……至于我花了多少时间梳妆打扮，我还没讲哩。”

在猪的请求下，孔雀打算详详细细地讲述要变得漂亮必须注意的事项。但它滔滔不绝地讲了半个小时，也才讲完一半。这时，其他的家禽家畜都纷纷赶来，把孔雀围在中间。最先赶到的是公牛，接着羊也来了，后来奶牛、猫、鸡、驴子、马、鸭子、牛犊也都陆续来了，甚至有一只老鼠也赶来躲在马蹄边偷听。它们为了看得更清楚些、听得更明白些，都用力往前挤。

"别挤呀！"牛犊叫道。接着，驴子又在喊，羊也在嚷……总之，大家都在七嘴八舌地大叫："别挤呀！安静点！别踩我的脚……高个儿站在后边，站过去一点呀……叫你安静点……你要我给你一顿打吗……"

"嘘。"孔雀招呼说，"咱们静一静……我往下讲啦。早上醒来，吃一粒芳香可口的斑皮苹果核，喝一口清澈的水……你们听明白了吗？那么，你们重述一遍。"

"吃一粒芳香可口的斑皮苹果核，喝一口清澈的水。"所有的家禽家畜都异口同声地说。

德尔菲纳和玛丽纳特不敢同它们一起重复孔雀的话，但是，她们就是在学校里听课也从来没有像听孔雀的话那么专心过。

第二天一早，爸爸妈妈到牲口棚给牲口添料加草，不禁大吃一惊。马和牛不耐烦地对他们说："算了，算了，你用不着加草，你就给我们一粒芳香可口的斑皮苹果核吃，一口清澈的水喝吧。"

"你们说的什么呀？一粒什么核……"

"一粒芳香可口的斑皮苹果核……直到午饭前，我们什么东西都不用吃了，而且每天都是如此。"

"你们等着吧。"爸爸妈妈说，"真的，你们等着给你们拿一粒芳香可口的斑皮苹果核来吧……这是能够吃下肚子去的饲料吗？这是牛、马吃的东西吗？别胡闹。这儿有干草，那儿有燕麦和甜菜。你们吃点也好让我们高兴高兴，可别假斯文了。"

爸爸妈妈离开牲口棚，到院子里去喂鸡和其余的家禽。为它们拌的饲料是再好不过的了，可是没有谁去尝一尝。

"我们要芳香可口的斑皮苹果核和一口清澈的水，别的什么都不要。"鸡这样对主人说。

"又是苹果核！都想吃苹果核，这到底是怎么回事呀？唉，公鸡，你说呢？"

"告诉我吧，主人，"公鸡回答，"难道你们不喜欢看到我头上有大羽冠，尾上有长得像一把大扇子般的五光十色的长羽尾吗？难道你们不喜欢我像孔雀那样在院子里开屏吗？"

"不喜欢，"主人情绪不好，说，"我们喜欢的是酒煨鸡，羽毛漂不漂亮没关系。"

公鸡转过身，拉开嗓门对其他家禽说："你们都看到了吧，我客客气气地跟他们说话，他们竟这样回答。"

爸爸妈妈转身就走，径直走到猪面前，给猪加料。但是猪一闻到土豆味，就在圈里大叫起来，说："快拿开！我需要的是一粒芳香可口的斑皮苹果核和一口清澈的水。"

"你也要这些？"主人问道，"这是怎么回事呢？"

"因为我想要变漂亮些，变得那样细挑，引人悦目，叫那些从我跟前走过的人都停下来称赞说：'啊！刚才走过去的那头猪，它可真漂亮，我们都愿意变成这样美丽的猪。'"

"天哪。"爸爸妈妈说，"猪啊猪，你想变得漂亮，是合乎情理的，可是你难道不明白要漂亮首先必须长得肥壮吗？"

"我可不愿听这一套。"猪答道，"你不要转弯抹角，直截了当地答复我吧！你愿不愿意给我一粒芳香可口的斑皮苹果核和一口清澈的水？"

"有啥不愿意的！但我们得考虑考虑，过些时候……"

"不是过些时候，而是要马上这样做。并且，每天早晨还得带我去散步，让我进行体育锻炼，关心我的饮食、睡眠、我与什么动物来往和我走路的姿势……总之，留心我的一切。"

"一言为定。你再长十公斤我们就满足你的要求。你暂且吃饲料吧。"

爸爸妈妈给猪盛满一槽饲料后，就走进厨房。德尔菲纳和玛丽纳特正要去上学。

"你们这就走啦？唉，可是……可是你们没吃早饭呀？"

小姐妹满脸通红。德尔菲纳十分尴尬地说："我们不饿……也许昨天晚饭吃多了……"

"出去透透空气对我们大有益处。"玛丽纳特补充说。

"嗯，"爸爸妈妈说，"这真奇怪。好吧，那就随你们的便……"

小姐妹走后不久，爸爸妈妈发现厨房桌子上摆着两瓣斑皮苹果，里面的苹果核少了两颗。

家畜们无法长期遵守孔雀介绍的饮食制度。在牛和马的胃里，仅仅装一粒苹果核是一点也不管用的，因此它们都打消了这个念头。从第二天早上起，它们就恢复了平常的食量。家禽们坚持得稍久一点，人们还以为它们适应了这种新生活哩。它们是那样迷恋于打扮，即使患几天胃痉挛也不在乎。公鸡、小鸡、鸭子，开口闭口都在谈它们的羽冠如何，步态怎样及羽毛的色彩美不美什么的，以致几只最小的鸡雏也变得想入非非，埋怨自己不能长得像孔雀那样美丽。鹅却说："大家强制自己吃这种斋饭，最明显的结果是使大家都变得疯疯癫癫了。至于大家得到的美嘛，那就是眼睛带黑圈，羽毛干枯，颈项瘦削，嗉囊扁平。"有几只鸡一听就明白了鹅的意思，其他的家禽过了一段时间也都明白过来了。只有一只公鸡最固执，仍然坚持只吃苹果核。有几只小鸡还挺欣赏它的举止，也学它的样。直到有一天，公鸡饿得昏倒在地，听到主人说："赶紧给它放血，不然就不能吃了。"公鸡吓坏了，这才一骨碌跳起来，径直跑去吃东西。可怜的公鸡吃得那样多，以致患了消化不良症。小鸡们也同它一样吃足了苦头。

十五天以后，在所有的家禽家畜中，就只有猪还在继续坚持喝清水、吃苹果核了。它每天吃的饲料几乎只够养活一只小鸡。它吃得那么少，却还坚持长时间地散步、做操和进行各式各样的体育运动。它的体重减轻了三十斤。其他牲畜都催促它恢复吃饲料，它却好像没听见似的问它们："你们觉得我的样子变得怎样了？"家禽家畜们怪难过的，回答它说："骨瘦如柴。我可怜的猪，你的皮子打褶，皱起一条条深沟了，多么可怜啊。"

"算了吧，多谢你们。"猪说，"我要叫你们感到吃惊……"

它眨了眨眼睛，压低了嗓门说："劳驾你们再看一看我的头顶……你们看见了吗？"

"看见什么呀？"

"羽冠……你们没有看见羽冠吗？"

"没有，什么也没有。"

"这可怪了。"猪说，"羽尾呢，你们看见羽尾了吗？"

"你是问我们是否看见你的尾巴吗？我们当然看见了，你可以把它叫作羽尾，不过，它仍然像一个拔瓶塞的开塞钻。"

"嘿，这可奇怪了……也许我运动得还不够，要不就是我还吃得太多……我要更加努力克制自己，你们放心好啦。"

看到猪一天天消瘦下去，德尔菲纳和玛丽纳特再也没心思去追求美了。至少她们觉得不能过分挨饿。最初，她们想背着爸爸妈妈，按照孔雀的饮食制度生活，后来看到这种情形，她们再也不愿那么做了。鹅的建议对她们放弃那种饮食制度也起了很大作用。鹅听见小姐妹谈论她们的身材如何、议论她们希望减轻多少体重，便劝告她们说："瞧瞧咱们那头可怜的猪吧，它由于挨饿已经瘦成什么样子了。你们也想像它那样瘦得皮包骨，让白胖胖的腿儿变得骨瘦如柴，站起都要打战吗？别那样做，相信我的话好啦，那样做是不合算的。你们瞧，我还算长得可以的，我的羽毛不是也很漂亮吗？我可以老实告诉你们：人不可能一辈子都漂亮。你们最好还是学学缝桌布之类的事，这比身上长着五彩缤纷的羽毛强多了。"

"那当然。"小姐妹回答说，"还是你说得有道理。"

有一天，猪做完操后在井边休息，猫正在井栏上打呼噜，猪便问猫是否看见它长出羽冠了。猫同情它，便假装着仔仔细细地瞧了一阵，回答说："的确，我发现你头上好像长了个什么东西。这当然仅仅是开始，你大概有长羽冠的希望了……"

"羽冠！"猪尖声嚷道，"它终于长出来了！已经看得见了！我真幸福……我的羽尾呢，猫，你也看见了吗？"

"你的羽尾！天哪……我应该说……"

"怎么啦？怎么啦？"

猪显得那样惊骇，猫不得不赶紧安慰它说："说实话，羽尾还未长成，不过已经有了个漂亮的扫帚把似的尾巴，它正在不断地往外长。"

"可不是，必须让它好好长。"猪乐滋滋地说。

"对、对。"猫连声赞许，说，"你只有多吃饲料，它才会长得好，羽冠也是这样。孔雀的饮食制度在未长出羽冠、羽尾时是挺好的，但是在它们长出来以后，那就要考虑如何满足它们生长需要的养料了。"

"说得对。"猪称赞说，"我倒没想到。"它立刻跑到猪槽边，把饲料吃得精光。接着它又跑到主人面前要饲料。

吃饱后，它便满院子活蹦乱跳，拼命叫喊："我长羽冠了！我长羽尾了！我长羽冠了！我长羽尾了！"

农庄里的家禽家畜们试图指出它的错觉，却被它指责为嫉妒或睁眼瞎。第二天，它还同公鸡大吵了一场。看到它如此固执，公鸡腻烦死了，不想再同它争吵，便叹了口气，说："它疯了……它完全疯了！"

看热闹的家畜们哄然大笑，使猪感到十分尴尬。有一窝小鸡在它后边跟了一个多小时，不停地喊："它疯了！它疯了……它疯了！"当它从家禽身边走过时，家禽们都忍不住要冷笑几声，并说些使它生气的话。从那以后，猪就再也不对谁谈它的羽冠和羽尾了。但它穿过院子时还是那样神气活现，头直挺挺地仰着，就像有一块骨头卡在喉咙里似的。假若有谁从它后面走过，即使离它老远，它也会像触电似的向前一跳，生怕别人踩坏了它的尾巴。

鹅指着它对小姐妹说："你们明白了吧？谁要是过分

155

追求打扮，谁就会变成像猪那样的疯子。"

小姐妹听了鹅的这番话，便同情起她们那可怜的表姐弗乐娜来，认为她也许早就变得疯疯癫癫了。

一个阳光灿烂的上午，猪到田野里去散步。在它回家的时候，天空出现了乌云，头顶上闪起了耀眼的电光。对这电光，它一点也不觉得奇怪，它还以为这是它头上的羽冠被风吹拂着在晃动闪光哩。它觉得这羽冠已经长得很大了，好像它曾经幻想过的那么大。但是雨下得十分密，它只好在一棵树下躲一躲。它特别小心，好像低一下头就会弄坏羽冠似的。

风小了，雨下得稀了，猪又上路往回走。走到看得见农庄时，天上只剩几滴雨在飘，太阳已经透过云层出来了。德尔菲纳和玛丽纳特同爸爸妈妈一起走出厨房，家禽也从躲雨的地方走出来了。正当猪要进院子的时候，小姐妹指着猪回来的方向叫道："彩虹！啊，它真美！"

猪扭过头，似乎看见自己身后的尾巴像一把大扇子一样开屏了。

"瞧呀！"它说，"我开屏了！"

德尔菲纳和玛丽纳特心中难受，面面相觑，家禽们也摇头晃脑，低声地议论不休。

"算了吧，闹剧该收场了。"主人说，"进你的圈里去吧，时候不早了。"

"进去？"猪反问道，"你们没瞧见我这羽尾太大进不去吗！进院子倒还勉强，从这两棵树中间是怎么也穿不过去的呀！"

爸爸妈妈做了个不耐烦的动作，就想去拿木棍来赶。小姐妹靠近猪的身旁，友好地对它说："你把羽尾收拢，不就穿过去了吗？"

"啊，对呀。"猪说，"我倒没想到。这也不难理解，羽尾刚长出来，我还不习惯……"

猪使劲一跃，把腰给扭了。这时，在它身后，彩虹消失了，余晖洒在它身上，那颜色是这样柔和鲜艳、绚丽多彩，使得在一旁站着的孔雀身上的羽毛也黯然失色。

鹿和猎犬

德尔菲纳抚摸着家里的那只猫，而玛丽纳特则把一只小鸡捧到膝盖上，给它唱起了歌。

"瞧呀！"小鸡望着公路那边，说，"来了一头牛。"

玛丽纳特一抬头，只见一只鹿穿过牧场，向农庄院子奔跑过来。这只鹿很大很大，头顶上长着一对丫丫杈杈的角。它一纵身，越过了公路边的水沟，闯进了院子，来到小姐妹的跟前。它的腰部急速起伏，纤细的四肢颤颤抖抖。它累得气喘吁吁，一开始简直说不出话来。它眼眶里噙着泪水，用温柔的目光看了看德尔菲纳和玛丽纳特。最后，它跪下来向她们苦苦哀求道："把我藏起来吧，猎犬在追赶我，它们想吃掉我，救救我吧！"

小姐妹抱住鹿的颈项，把脸贴在鹿的头上，但猫却用尾巴打她们的腿，并咕哝道："现在哪里是拥抱的时候！猎犬要是抓住它，它就没命了。我已经听见林子边的犬吠声了。啊，倒不如打开门，把它带去你们房间里。"

猫一边说，一边不停地摆动尾巴，使劲打小姐妹的腿。姐妹们知道时间紧迫，德尔菲纳几步跑过去打开了房门，玛丽纳特领着鹿一直跑进了她和姐姐一起住的屋子。

"好啦，"玛丽纳特说，"休息吧，不用害怕，我在地板上给你铺床被子，好吗？"

"哦，不用啦。"鹿说，"没必要，你太好啦。"

"你大概口渴了！我用盆，给你盛点水，这水很清凉，是刚从井里打上来的。听，猫在叫我啦，我走了，待会儿见。"

"谢谢。"鹿说，"我永远忘不了你们的救命之恩。"

当玛丽纳特关好门，走进院子里的时候，猫对姐妹俩说："要装作若无其事的样子，你们就像刚才那样闲坐在那儿，一个照料小鸡，另一个抚摸我好啦。"

玛丽纳特又把小鸡捧到膝盖上，但是小鸡不肯一动不动地待着，而想叽叽喳喳叫着乱跳。

"这是怎么回事呢？我一点也不明白，我很想知道你们为什么把牛关进了屋子？"小鸡问道。

"那不是牛，而是鹿。"

"鹿？啊！那是鹿吗？哦，哦，是鹿……"

玛丽纳特一边给小鸡唱《在南特桥上》，一边摇着它。不一会儿，小鸡就在围裙上睡着了。猫呢，在德尔菲纳的抚摸下，拱起背，呼噜呼噜直叫。小姐妹看见一只猎犬，耷拉着长长的耳朵，顺着鹿跑来的方向跑过来了。它不停地奔跑，穿过马路，来到院子中间才放慢了脚步，用鼻子嗅着地面，到了小姐妹跟前，突然问道："鹿到这儿来过，它跑到哪儿去啦？"

"鹿？"小姐妹反问道，"什么鹿呀？"

猎犬一一打量着她们，见她们脸红了，就继续嗅地面，当它边嗅边往前走时，不小心撞在玛丽纳特身上，在围裙上睡觉的小鸡被撞得晃了晃身子。它睁开眼睛，拍打了几下翅膀，弄不清刚才发生了什么事，就又睡过去了。

可是猎犬一直嗅到了房间门口。

"我嗅到这儿有一股鹿的气味。"猎犬转身向着小姐妹说。

她们装作没听见。于是，猎犬大声说道："我说我嗅到这儿有一股鹿的气味！"

猫假装被惊醒了的样子，抬起身，惊奇地瞪了瞪猎犬，对它说："你在这儿干什么？能这样到别人家门口随便乱嗅吗？请你走开！"

小姐妹站起来，低着头向猎犬走过去。玛丽纳特手里捧着的小鸡被这样一晃荡，终于醒了，它把脖子往两旁伸了伸，试图从手心窝里探出头瞧一眼，可它不明白自己在哪儿。

猎犬严肃地盯着小姐妹，并指着猫对她们说道："你们听见了吧，它在用什么口气跟我说话？我倒蛮有理由咬死它。但是，看在你们的面子上，我忍下了这口气。你们得把实情告诉我作为报答。好吧，告诉我，刚才，你们看到一只鹿跑进了院子，你们可怜它，就让它进了房间，对吗？”

"我向你担保，"玛丽纳特犹豫不决地说，"屋子里没有鹿。"

她的话音刚落，小鸡站了起来，从她的手心里探出头，如同将头探出阳台一样，大声地说："有鹿，啊，有鹿，小姑娘记不得了，可我，我记得清清楚楚，她让鹿进屋了。是的，是的，是一只鹿，一只很大很大的鹿，头顶上长着一个有好几个杈的角。啊，幸亏我的记性好！"

接着，小鸡得意扬扬地耸了耸绒毛，猫真想一口把它吃了。

"我早就料到。"猎犬对姐妹俩说，"我的嗅觉从来没有出过差错。只要我说鹿在屋里，对我来说，就好像已经看见了它一样。好吧，咱们得通情达理，快放它出来。要知道这鹿不是你们的。假如我的主人知道了事情的经过，他肯定会来找你们的爸爸妈妈，别再固执了。"

小姐妹一动也不动，开始抽搭起来，接着，她们泪流满面，放声痛哭起来。这时，猎犬显得有些不安了。见她们哭泣，它便低头沉思，看着自己的脚爪。最后，它用鼻子触了一下德尔菲纳，叹了口气，说："这真叫人难过，我可不能眼睁睁地看着你们伤心。听我说，我不愿当一只坏猎犬；鹿与我一无冤，二无仇。当然啰，公事公办嘛，我也得履行职责呀。不过，就这一回……啊，我就当什么也没看见好了。"

德尔菲纳和玛丽纳特一听，露出满面笑容，赶忙向它道谢；但是猎犬却置之不理，竖起耳朵专心听着从林子边上传来的同伴的吠声。它摇摇头说："别高兴，我真担心，你们的眼泪恐怕是白流了，等一会儿，你们还得伤心，我已经听到我的伙伴们的叫声了。它们肯定会找到鹿的踪迹。它们来了，你们怎么对它们讲呢？别打主意想感动它们哟，它们只管一本正经地打猎，假如你们不把鹿放出来，它们是不肯走的。"

"当然应该把鹿放了！"小鸡从"阳台上"探出头，大声说。

"住嘴！"玛丽纳特斥责着，又哭了起来。当小姐妹泣不成声时，猫摆着尾巴在静心思考。大家都忧虑地望着猫。

"好啦，别哭了。"猫吩咐说，"咱们一起来应付这群猎犬。德尔菲纳，你到井里去打桶凉水放在院子门口；你呢，玛丽纳特，同巴多（追进院子里的猎犬的名字）进花园里去，我随后就到。但是，先把小鸡放下，用这筐子罩上好啦。"

玛丽纳特将小鸡放在地上，用筐罩上，小鸡还来不

164

及说话就当了囚犯。德尔菲纳打起一桶水，提到院子门口。她的伙伴们进了花园后，她看见猎犬群狂吠着直奔过来。只过了一会儿，她就数清了狗的数目，它们总共有八只，个子一样，毛色相同，都耷拉着长长的耳朵。德尔菲纳眼看要一个人去对付它们了，心里忐忑不安，幸好猫终于从花园里走出来，玛丽纳特跟在猫的后面，手里拿着一束玫瑰、茉莉、百合、石竹组成的花束。这时，猎犬群正好到了马路上，猫便上前迎接它们，亲热地对它们说："你们是来追赶鹿的吧？一刻钟以前，它从这儿跑过去了。"

"你说它跑了？"一只猎犬带着怀疑的神态，反问道。

"是的，它闯进了院子，却又立刻冲了出去。已经有一只猎犬在前面死死追赶它，那只猎犬名叫巴多，同你们的长相一模一样。"

"啊！对啦……巴多……的确。"

"我愿意准确地告诉你们鹿跑的方向。"

"用不着。"一只猎犬嘟哝道，"我们能够发现它的踪迹。"

玛丽纳特直直地朝猎犬群走过去，问道："你们哪个名叫拉瓦热尔？巴多托我给它捎个口信。它明明白白地告诉我说：'拉瓦热尔是容易认出来的。它是猎犬群中最漂

165

亮的……'"

拉瓦热尔谦卑地行了个礼，摇了摇尾巴。

"说实话，"玛丽纳特继续说，"我差点儿没认出来你。你的伙伴个个都这样漂亮呀！的确，我们从来没有见过这样标致的猎犬……"

"它们一个个都棒极啦。"德尔菲纳强调说，"真叫人百看不厌，钦佩不已呀！"

猎犬们都沾沾自喜，议论纷纷，不约而同地摇头摆尾。

"巴多托我给你水喝。它觉得你今天上午有些发热，认为你这样长途奔跑以后，需要凉快凉快。瞧，这儿有一桶刚打上来的井水，如果你的伙伴们也想喝一点的话……"

"好的，好的。"猎犬们七嘴八舌地回答。

猎犬们赶忙围在桶边，争先恐后地畅饮起来。这时，小姐妹继续赞扬它们如何美丽、怎么漂亮。

"你们这般漂亮，"玛丽纳特说，"我愿意把我的鲜花送给你们作礼物，这可是猎犬有资格得到的最高奖赏哦。"

当猎犬们饮水的时候，小姐妹赶紧把花束分开，把鲜花插在它们的项圈上。不一会儿，每条猎犬的项圈上都插满了鲜花：玫瑰配上石竹，百合配上茉莉。猎犬们一个个兴高采烈，彼此赞叹。

"拉瓦热尔，再给你佩戴一朵茉莉……你戴着茉莉多么合适呀。哦，你也许口还渴吧？"

"不渴了，谢谢，你们太和蔼可亲了。我们还得赶快追捕鹿去呢。"

然而，猎犬们却迟迟不走。它们愁眉不展，急得团团转，不知该走哪个方向。拉瓦热尔在地上嗅来嗅去也枉费心机，它找不到鹿的行踪了。石竹、茉莉、玫瑰和百合芳香扑鼻，叫它分辨不出鹿的气味了。它的同伴们也同样因为项圈上的花香，不停地耸肩缩颈，却再不能闻到鹿的气味。拉瓦热尔只好问猫："告诉我们，鹿往哪方逃跑了，好吗？"

"非常愿意，"猫回答说，"它往这边跑了，但它从林子与原野交界处又钻进了林子里。"

拉瓦热尔告别了小姐妹，率领项圈上插满鲜花的猎犬群，飞快地跑远了。当猎犬群消失在林子里，藏在花园里的猎犬巴多就走出来，它请大家把鹿叫来。

"因为我尽了这样大的努力，参与筹划了这个调虎离山计，"它说道，"我还想给鹿出个主意。"

玛丽纳特把鹿从房间里叫出来。鹿战战兢兢，才得知它刚才是如何虎口余生的。它感谢了大家以后，巴多对它说道："你今天是得救了，可是明天呢？我不想吓唬你，但是，你可别忘了猎犬、猎人、猎枪呀！你以为你逃脱以后，我的主人会饶了你吗？总有一天，他会带着猎犬群捕获你的。对我来说，尽管这会叫我难过，但我也不得不去围捕你。你如果是一只聪明的鹿，就别在林子里乱窜啦。"

"离开林子？"鹿大声说，"那我会闷死的，再说，离开了林子又能到哪儿去呢？我总不能待在平原上，在众目睽睽下过日子呀。"

"怎么不可以呢？这得由你考虑啰。总而言之，你现在比在林子里要安全得多。如果你相信我的话，你就在这儿等到天黑。我发现河对面有些灌木丛，那可是你躲藏的好地方。好吧，永别了，但愿我在林子里再也遇不到你。再见，小姐妹。再见，猫。你们要好好照料我们的朋友鹿。"

猎犬走后，鹿也告别了小姐妹和猫，直奔河对面的灌木丛。鹿好几次回头向小姐妹致谢，小姐妹也挥着手绢向它致意。见鹿藏好以后，玛丽纳特才想起小鸡还罩在筐里。结果，小鸡以为天黑了，就睡着了。

爸爸妈妈想买一头牛，一早就去赶集。因为所有的牛都价格昂贵，他们没能买到，所以他们回来后显得很不愉快。

"真倒霉。"他们生气地说，"白白耽误了一天工夫，什么事也没办成，可咱们用什么干活呢？"

"牲口棚里还有一头牛嘛。"小姐妹提醒说。

"要耕的地多着哩！一头牛就够啦？你们最好别多嘴。另外，我们不在家时，这儿似乎发生过什么事。这水桶怎么会搬到院子门口去的？"

"是我刚才给小牛喂过水。"德尔菲纳说，"我忘了放回原处。"

"嗯！这茉莉和石竹怎么撒了一地？"

"石竹？"小姐妹惊奇地说，"哦，真的……"

但是，面对爸爸妈妈的目光，她们不禁脸红了。于是，爸爸妈妈满腹疑团，跑进了花园。

满园的花木都被折断了，园里的玫瑰、茉莉、石竹、百合全被摘光了。

"你们为什么摘花？"

"我不知道。"德尔菲纳结结巴巴地说，"我们什么也没看见。"

"啊！你们什么也没看见？唉，真的吗？"眼看爸爸妈妈生气了，猫跳上一棵最矮的苹果树，对他们说道：

"不要生她们的气。小姐妹什么也没看见，我不觉得奇怪。中午，她们正在吃饭的时候，我刚好在窗台上晒太阳，看见个流浪汉站在马路上斜着眼向花园里张望。后来我睡着了，没注意到他的行动。过了一会儿，我醒了，看见那人抱着一大捧东西，从马路上走了。"

"懒鬼，你怎么不去追他？"

"可我，一只可怜的猫，我做得了什么呢？流浪汉嘛，不关我的事。我太弱小了。这儿需要的是一条狗。啊，要是有条狗就好了。"

"还要喂条狗！"爸爸妈妈嘟哝道，"再养个啥事不管的动物？你已经是多余的了。"

"随你们的便。"猫说，"今天，有人偷了花园里的花；明天，有人会偷鸡；总有一天，会偷牛犊的。"

主人没有回答，但是，猫最后说的一番话引起了他们的深思。他们觉得养条狗是个好主意。

傍晚，他们又翻来覆去地考虑了。

晚餐的时候，爸爸妈妈一边同小姐妹吃饭，一边还在抱怨没买到价钱合适的牛。猫便趁机穿过牧场，来到河畔。夜幕降临了，蟋蟀开始鸣叫。猫发现鹿躺在两株枝叶交错的灌木下吃树叶和青草。它们俩攀谈了很久很久，猫给鹿出了许多主意，鹿一再推辞之后，终于被说服了。

第二天清早，鹿走进了农庄院子，对爸爸妈妈说："早安，我是一只鹿，我想找点活儿干干，你们有什么事适合我做吗？"

"首先得知道你会做啥！"爸爸妈妈回答道。

"我会跑路，快跑可以，慢走也行。虽然我的腿细，但力气可大了。我既能驮重物，也可以单独拉车或与同伴合作。如果你们急需到哪儿去，就骑在我背上，我跑得快极了，马也赶不上。"

"你能做这些倒也不错。"主人赞同说，"可你有啥要求呢？"

"有房住，有饭吃。当然，星期天嘛，休息休息。"

爸爸妈妈举起双臂，因为他们听到要求休息就不高兴了。

"要么留下我，要么让我走。"鹿说，"请注意，我的生活简单朴素，吃的饮食也不值钱。"

最后这几句话促使爸爸妈妈打定了主意，同意把它留下试用一个月。这时，德尔菲纳和玛丽纳特走出房间，见到她们的朋友，装出一副惊诧的神情。

"我们给牛找到了一个朋友。"爸爸妈妈说，"你们对待它可要尽量礼貌点。"

"你们有两个十分漂亮的小姑娘，"鹿说道，"我相信

171

我同她们能合得来。"

主人挺会抓紧时间，打算立刻去耕地，便从牛棚里把牛牵出来。牛看见鹿头上的角，感到惊讶。起初，它暗暗发笑，接着朗声大笑，笑得合不拢嘴，不得不就地坐下。这是一头乐呵呵的牛。

"啊？它真滑稽，头顶上长着一根小树苗！别忙，让我笑一会儿，瞧它这脚爪，这尾巴，小小的！别忙，让我笑个够吧。"

"得啦，得啦。"主人说，"站起来，该去干活啦。"

牛抬起身，但是，当它知道自己要同鹿一起拉犁时，它笑得更厉害了，还请求新伙伴原谅它，说："你大概觉得我疯疯癫癫吧，但是，你那角呀，确实饶有趣味，我看着挺不习惯。总之，我觉得你怪可爱的。"

"笑个够吧，我不生气。假使我说你的角也使我觉得饶有趣味呢？不过，我相信很快就会习惯了。"

确实，它们一起耕了半天地，再也不对彼此角的形状感到惊奇了。起初，虽然牛尽量让鹿少使点劲，但鹿仍然觉得相当吃力。对鹿来说，最困难的是如何控制速度，与伙伴协调配合。它过分性急，断断续续地用劲，使一会儿劲就得喘一阵子气，在坎坷的土地上走得踉踉跄跄的，使犁头速度减慢了。这样，犁头常常拉歪，把地犁得歪歪扭扭的，主人见了几乎不愿继续叫它们干活了。后来，多亏牛的友好建议和殷勤相助，活儿才干得好多了。很快，鹿便成了优秀的耕地能手。

但是，鹿对干活从来不感兴趣，从不认为这是一种快乐。它对牛有着深情厚谊，要是没有牛做伴，它很可能拒绝干活。它迫不及待地希望一天的农活快快结束，自己好从主人的训斥声中解放出来。一收工回到农庄，它就满院子、遍牧场奔跑消遣。它同小姐妹玩得特别带劲。小姐妹在后边追赶它时，它故意让她们抓住。爸爸妈妈却讨厌她们嬉戏。

"这像什么样子。"他们说，"干了一天活儿，不是老老实实地休息、积蓄精力，第二天好好干活，而是东蹿西跑，弄得疲惫不堪！小丫头也一样不懂事，已经痛痛快快玩了一整天，还跟着你没完没了地乱跑！"

"你们还抱怨什么呢？"鹿争辩道，"我好好为你们干活就行了嘛。至于小姐妹，我是在教她们跑跑跳跳呀。自从我来到这儿，她们跑得已经快多了。难道这毫无用处吗？在生活中，还有什么比奔跑更有用的呢？"

但是，所有这些理由都不能使爸爸妈妈信服，他们耸耸肩，继续嘀嘀咕咕，鹿一点也不喜欢他们，并且也不怕叫小姐妹难过，又一次随心所欲地表露了自己的真实想法。它在农庄结交的朋友都帮助它，劝它忍着点儿。其中一只毛色蓝绿相间的鸭子，同鹿相处得挺好。这鸭子有时候会站到鹿角上去，以便从高处观察万事万物。鹿也颇喜欢猪，听猪讲它的朋友野猪的故事。

夜晚，鹿在牛棚里同牛长时间地聊天，说起它们彼此的生活经历。牛的生活十分单调，鹿来到农庄里，是它生活中的一件大事。牛情愿自己不讲，专听它的朋友讲。鹿滔滔不绝，讲了林子间、林中空地上和池塘里发生的故事，讲了夜间追月和露水浴的情景，还讲了林子里居民们的生活。

它说："林子里没有主仆之分，不受时间的约束，生活自由自在，能随心所欲地奔跑，能痛痛快快地同野兔玩耍，还可以同布谷鸟或过路的野猪聊天……"

"我不说林子不好，"牛回答说，"但也不能鄙视牲口棚。林子嘛，在春光明媚的季节里，我看倒是度假的好地方。你愿意把林子形容得有多美都可以，不过寒冬腊月之际，大雨滂沱之时，林子里可不那么怡人，那就不像在这儿了。在这儿，我有地方躲雨，连脚也打不湿，睡觉有干干净净的草铺地，食槽里少不了干草吃，这可是蛮不错的。"

牛虽然这么说，但它却向往那种它从来没有经历过的林子里、灌木丛中的生活。白天耕地的时候，它不时地像鹿那样眺望林子，遗憾地叹息。甚至夜晚，它也常常梦见在林间空地上同野兔一起玩耍，或者跟着一只松鼠爬树。

每逢星期天，鹿一早就会离开牲口棚，到林子里玩上一天。傍晚，它回来时眉开眼笑，详详细细地讲述它与朋友久别重逢的喜悦和与其他动物会见、赛跑、游戏的情景。但是第二天，除了抱怨农庄里的枯燥无味以外，它一直愁容满面、沉默不语。好几次，它请求带牛到林子里去玩，都差点儿引得主人发火。

"带牛去？到林子里去蹿？让牛安静安静吧。"

星期天，可怜的牛看到同伴到林子去了，羡慕不已，整天闷闷不乐，一心想着林子和池塘。它埋怨主人像管牛犊一样对它管得太紧，可它已经五岁了。爸爸妈妈也从来不准德尔菲纳和玛丽纳特跟鹿一起去林子里。可是，一个星期日的下午，她们借口出去摘铃兰，就进了林子，并在事先约定好的地点见到了鹿。鹿将她们驮在背上，领着她们满林子溜达。德尔菲纳紧紧地抓住鹿角，玛丽纳特则拉住姐姐的腰带，鹿告诉她们树木的名称，把鸟窝、野兔和狐狸洞指给她们看。有时候，一只喜鹊或布谷鸟飞过来栖息在它的角上，把一周里的新闻讲给它听。在一个池塘

175

边，它停下来同一条五十多岁的鲤鱼闲聊一阵。这鲤鱼把鼻子露出水面呼吸。

当鹿向鲤鱼介绍小姐妹的时候，鲤鱼亲切地回答道："哦，你不用向我介绍了，当她们的妈妈还是小姑娘的时候，我就认识她了。那是二十五年或三十年前的事了，要是再见到她，我相信她没有大变化，还像过去那样。知道她们名叫德尔菲纳和玛丽纳特，我同样十分高兴。她们很漂亮、很懂礼貌。小姑娘们，应该常来看我呀！"

"好的，太太。"小姐妹回答说。

离开池塘，鹿把德尔菲纳和玛丽纳特带到一片林中空地上，叫她们下地来；接着，它发现在一个青苔覆盖的斜坡脚下，有一个比拳头稍大的洞，便把嘴凑近洞口，轻轻地叫了三声。当它后退了几步的时候，小姐妹发现一只野兔的头伸出了洞口。

"什么也别怕。"鹿说，"小姐妹是我的朋友。"

野兔放心地出了洞，另外还有两只兔子也跟着钻出来。起初，它们还有点畏惧小姐妹，过了一会儿就乖乖地让小姐妹抚摸它们了。最后，它们同小姐妹一起玩耍，并提出些问题。它们想知道小姐妹的洞在哪儿，她们喜欢吃什么草，她们的衣服是生来就有的呢，还是后来长出来的。这使小姐妹感到尴尬，无从回答。德尔菲纳脱掉罩衫，表明衣服与皮肤没长在一块儿，玛丽纳特则脱掉一只鞋，说明鞋可穿可脱。野兔们以为她们脱衣脱鞋疼痛难忍，闭着眼睛不敢看。当它们明白了衣服是怎么回事的时候，一只野兔提醒说："这当然有趣，但我不明白为什么要穿衣服，你们也许会弄丢或者忘了穿吧？你们为什么不像大家一样长毛呢？这可方便啦。"

正当小姐妹教野兔做游戏的时候，三只野兔忽然跳到洞口，喊道："猎犬！快跑！猎犬来啦！"

"别怕，"猎犬说，"我是巴多。从旁边路过时，我听出了小姐妹的笑声，就过来向你们问好啦。"

鹿和小姐妹上前迎接它，但是野兔无论如何也不敢离开洞口。猎犬问鹿，自从那天追捕它以来，它都做了些什么。鹿十分高兴地告诉猎犬说它在农庄里干活。

"你做得再聪明不过了。我相信你长期待在农庄里是蛮好的。"

"长期？"鹿争辩说，"不，那不行。你不知道，干活多叫人苦闷，原野上烈日炎炎，多么令人忧伤；而在我们林子里，空气却是这样凉爽，生活又是这样甜蜜。"

"林子里可不那么安全呢。"猎犬又说，"我们每天都要打猎。"

"你想吓唬我呀，可是我很清楚，几乎没什么可害怕的。"

"说对啦，我是想吓唬你，可怜的鹿，我们昨天才打死了一头野猪。就是那头曾经被打断了一颗獠牙的老野猪，你很可能认识它啰。"

"它是我最好的朋友。"鹿扑簌簌落下泪来，叹息着说。

小姐妹带着责备的神态看着猎犬，玛丽纳特问道："你说说，是你把它咬死的吗？"

"不是。但是，去追捕它的猎犬群中有我，非去不可呀。啊，多么残忍的职业！自从我认识了你们，我简直无法形容干这一行叫我有多难受。要是我也可以离开林子，到一个农庄去干活……"

"我们的爸爸妈妈正好需要养一条狗哩。"德尔菲纳说，"你到我们家去吧。"

"我不能去。"巴多叹息说，"有了职业，就该好好干，这是最重要的。另外，由于同猎犬群里的同伴们朝夕相处，我也舍不得抛弃它们。我就不去你们家啰。但是，如果我们的朋友鹿答应留在农庄里的话，离开你们我也觉得心里好受一些。"

在小姐妹的帮助下，猎犬催促鹿答应永远放弃林子里的生活，而鹿却犹豫不决，眼睛望着在洞边蹦蹦跳跳的野兔。其中一只野兔停下来，请鹿陪它们玩。于是，鹿向小姐妹示意它实在不能答应。

第二天，在农庄的院子里，鹿同牛一起被套上了车辕，鹿因想念着林子，想念着林子里的动物，呆呆地立在原地不动。牛拉车往前走，感觉到同伴没有动静，也只好停下了脚步。

"吁！"主人吃喝道，"又是这讨厌的牲口在捣鬼！"

由于鹿一直在东想西想，没有反应，主人一棍子朝它打下去。鹿气得惊跳起来，大声说："马上给我卸套，我不愿为你们干活了。"

"拉呀！你另外找个时间谈吧。"

由于鹿拒绝拉车，主人又打了它两棒，可它仍然不干，因此又挨了三棒。它终于决定往前走了，主人得胜了。一到种土豆的地里，主人就卸下种子袋，并给牲口卸了套，让它们在路边吃草。棍棒教育似乎有威力，鹿显得驯服了，然而主人刚刚开始种土豆，鹿就对牛说："这回我要走了，永远不再回来了，别打算挽留我啦，你会白费口舌的。"

"好吧。"牛说，"那么我也走。你给我讲了那么多林子里的好处，我急于去领略领略，咱们这就走吧。"

当主人转过身去的时候，它们就到了一排正在开花的苹果树旁，那儿有一条低洼的小道直通林子。牛兴高采烈，一边奔跑，一边跳舞，还唱起一首小姐妹教它的歌。新生活使它感到美好，如同它在牛棚里幻想的那样美好。可一进林子，它就不唱歌了。在矮林子里，它很难跟上鹿，它宽大的身子严重地妨碍它奔跑，长长的牛角又是横向长的，总被树枝钩住。它担忧地想，在危险的情况下，

180

它根本不能在林子里逃命。然而，鹿又跑进了沼泽地，它的脚步是那样轻盈，叫人只能勉强看得见它的脚印。牛没走出三步，连膝盖也陷进了泥里，它费了很大的劲才拔出腿来，它对鹿说："林子显然不适合我生活，我不再固执己见，你也不要任性，返回平原去得啦。"

鹿不打算挽留它，把它送到了林边，远望着院子里小姐妹的两团金色的头发，指了指，对牛说："要是她们的爸爸妈妈不打我的话，我也许永远没勇气离开她们。她们和你，以及农庄里的家禽家畜，我都会想念的……"

鹿和牛依依不舍地告别，从此分道扬镳，牛又回到了土豆地里。

得知鹿逃走了，主人后悔当初打了它。他们不得不另买一头牛，虽然牛价昂贵，但是非买不可。

小姐妹不愿相信她们的朋友鹿走了，永远不回来了，说道："它会回来的，它不可能永远离开我们。"

时间一周周过去了，却不见鹿回来。小姐妹眺望着林子，叹息说："它把我们给忘了。它有野兔和松鼠做伴，心中再没有我们了。"

一天早晨，小姐妹正在家门口剥豌豆，猎犬巴多跑进院子，耷拉着脑袋，走到她们跟前，说道："我要告诉你们一条不幸的消息。"

"鹿！"小姐妹惊呼道。

"是的，鹿！昨天下午，我的主人把它打死了。虽然我竭力把猎犬群引到别的地方去，但拉瓦热尔不相信我。当我到鹿身边的时候，它还没断气，并且认出了我。它用牙齿摘了一朵雏菊，托我带给你们。它对我说：'献给小姐妹！'瞧，花就在我项圈上别着，收下吧。"

小姐妹用罩衫捂着脸哭泣，羽毛蓝绿相间的鸭子也哭了。

过了一阵，巴多又说："现在，我再也不愿听人提起打猎的事了，这事就此了结。我想问问你们的爸爸妈妈是否还打算养一只狗。"

"是的。"玛丽纳特说，"他们刚才还说过哩。啊！你要同我们在一起，我是多么高兴呀！"

小姐妹和鸭子朝着巴多微笑。巴多友好地摇着尾巴。

不切实际的小黑公鸡

德尔菲纳和玛丽纳特穿过牧场，在上学的路上看见一只小黑公鸡慌慌忙忙地朝茂密的草丛中走去。

"你上哪儿去呀，公鸡？"玛丽纳特问道。

"我，"公鸡头也不回地回答道，"我可没时间闲聊！"

很明显，小黑公鸡不愿说心里话。它一边走，一边用嘴壳梳理嗉囊上的羽毛，金黄色的眼睛里闪着怒火。它用这种方式回话，叫玛丽纳特感到怪难受的。

"哎，它为什么这样傲慢无礼？"玛丽纳特凑近姐姐的耳朵，低声说，"它只不过是一只普普通通的小公鸡呀。"

"它向来有些傲慢。"德尔菲纳说，"但是，我认为它还是懂礼貌的。昨天下午，你在学校得了两个坏分数，它肯定知道了，因此它不愿意回答你。"

"既然它了解事情的全部经过，就应该知道我得坏分数是冤枉的呀。"

趁姐妹俩正在议论的当口，公鸡溜了。她们只能看见它的肉冠在深草丛中现出一个红点。

德尔菲纳跟在它后边追，一会儿就赶上了它，她恭恭敬敬地向它一鞠躬，说："公鸡，我妹妹感到好奇，她很想知道你打扮得漂漂亮亮的，要上哪儿去。"

小黑公鸡停下脚步，它为自己有漂亮的羽毛和鲜红的肉冠而自豪，一只脚伸直，一只脚弯曲地站着，并鼓起嗉囊，说："啊！我从很远很远的地方来，小姐妹，我还要走得更远哩。正像你们看到的，我已经从桥上过了这条河。"

玛丽纳特站在公鸡身后，耸了耸肩，看着姐姐，似乎对她说："嗯，它过了河……那有什么稀奇……我不是每天都从桥上过吗！"但出于礼貌，她什么也没说。

这时，德尔菲纳接着问："那么，你为什么跑这么远呢，公鸡？"

"说来话长，小姐妹，一言难尽呀（它把嗉囊鼓得更高）。你们可知道，每当我一想起狐狸……啊，我就感到气愤。嘻，狐狸昨天晚上又围着鸡窝转，两个星期以来，这已经是第三次了。它知道我爱打瞌睡，就钻了这个空子。但是，不用担心，我不会让它随随便便捞到便宜的。要是我没醒的话，它倒是可以自我吹嘘一番，说它运气如何好……"

玛丽纳特情不自禁地放声大笑，并高声说："公鸡啊，狐狸会吃掉你的！你是个小不点儿呀！"

听到这话，公鸡一跳转过身，肉冠颤抖着，说："小不点儿？喂，咱们走着瞧……什么东西最可贵？只有一样，那就是勇气。谢天谢地，我是不缺勇气的。狐狸昨天晚上又从我手里逃脱。我要是发现狐狸藏在哪里，非得狠狠训斥它一顿不可！"公鸡仰着头，挺起胸，迈着傲慢的步子开始兜圈，样子挺认真的。另外，因为它的嗓子洪亮，又能说会道，在小姐妹的心里留下了深刻的印象。玛丽纳特不再笑了，公鸡也变得温和起来。

"如果你们乐意的话，"它又说，"你们可以替我办件事。这路怎么走，我已经没把握了，再说草长这么高，我什么也看不见。"

德尔菲纳把公鸡抱起来，放在自己的肩上，让它望望整个原野。

玛丽纳特怒气未消，不禁对它说："我说公鸡，随便你怎么吹牛都可以，但是你得承认，个头儿高大终究要方便得多。"

"有的时候，个儿小也有用处。"公鸡说，"但是你也必须承认，个儿高是不漂亮的。"

小姐妹不知不觉地逃了学。如果考虑到后果的话，她们肯定是不会逃学的。公鸡走在前面，并对她们说："你们去看看狐狸的脑袋吧，等狐狸见到我的时候，得让你们见识见识，我要采取何种方式教训它，让它从今往后放老实点。哦，走着瞧……"

这时，它专门选了一朵最大的花蕾做目标，先停下来，扇动短短的翅膀，耸起全身的羽毛，两眼炯炯有神，向花蕾猛扑过去，一嘴一嘴地将它撕烂，并把掉在地上的花瓣踩碎。

"总而言之，"德尔菲纳悄悄地对妹妹说，"我才不愿当狐狸呢。"

"瞧它这么厉害，我可不愿当花蕾。"玛丽纳特回答道。

然而，当她们离林子越来越近的时候，公鸡显得不慌不忙，好像不愿进去似的。它几乎每走一步都要停一下，叫小姐妹对它的勇猛赞赏一番。"瞧，雏菊，嗯，同花蕾一样，没啥了不起，矢车菊也不在话下。"

"是的。"玛丽纳特说，"可是狐狸呢？"

最后，当姐妹俩催它快走时，它却躲躲闪闪地说："我得告诉你们，让你们逃了学，我感到十分过意不去。学习时间是非常宝贵的，大家没有权利浪费一丁点儿。说实话，我是最通情达理的。咱们不去管狐狸了，我改天再去教训它，但我想先送你们上学去。"

"啊！不行。"玛丽纳特争辩道，"现在去上学已经来不及啦。你应该早点提醒的，再说，你知道，我们上学用不着你带路。好吧，赶快到林子里去，不然，我就认为你是害怕了。"

公鸡感到非常恼火，它牛皮吹得太大，已经骑虎难下了。它想从它那大头针似的脑袋里掏出个什么借口来，但枉费心机，找不到一条叫人信服的理由来说明应该往回走。

"好吧，好吧，咱们闲话少说。反正我给你们提出了好建议，你们爱怎么办就怎么办好啦。"

但是，一到林子边上，它终于停下来，坚决不愿再往前走。

"你们明白，"公鸡说，"只要狐狸得知我来了，它就会设法陷害我。没有做好战斗准备，等于自投罗网，我才没那么傻！这儿有一棵洋槐树，是一个理想的观察站。我爬上去监视林子边缘，弄清楚有没有狐狸在逃命；你们呢，就进密林里去探听情况。假如今天上午运气不好，没有机会找到狐狸，那就下次再来。"

在德尔菲纳的帮助下，公鸡爬上了树。小姐妹往林子里走，不到五分钟，她们就被逗人喜爱的草莓吸引住了，地上长满了鲜红色的多汁可口的草莓。姐妹俩只顾采摘，连狐狸走到身旁都没发现。

"哈！哈！"狐狸向她们致意后说，"我看咱们都逃学啦？"

德尔菲纳脸红了，但狐狸立刻友好地微笑着，说："千万当心，别把罩衫弄脏了，爸爸妈妈心眼儿多，女儿们说上学路上长着草莓，他们当然不会相信的。"

小姐妹笑了起来。同狐狸在一块儿，她们很快就不觉得拘束了。

"你们叫什么名字呀，小姑娘们？"

"我叫德尔菲纳，我妹妹叫玛丽纳特，她同我不一样大。"

"玛丽纳特的头发格外金黄，我以为是这样，但是德尔菲纳的眼睛格外大。这可是两个漂亮的小姑娘，两个姑娘都让我喜爱。"

"你很老实，狐狸先生。"

但是，狐狸把头转向林子边，一边笑吟吟地眯缝着眼睛，一边在嗅着什么。

"嗯，这儿好香呀……我不知道，但我似乎觉得……"

"是草莓香。"玛丽纳特说，"你愿意尝几个吗？你可知道，我这儿有熟透了的。"

狐狸道了谢，朝着林子边沿走去，德尔菲纳见了，十分激动地喊道："可别朝那边走，公鸡待在林子边，它说它要教训教训你哩。"

"哦！哦！教训我？"狐狸说道，"肯定是发生了误会，因为公鸡向来是我最要好的朋友。但是，不用担心，

189

我这就去消除误会，谈上几分钟知心话，管保它的气就消了。等一会儿，我叫你们来看看，我们是怎样和解的。在我没叫你们之前，你们尽管摘草莓吧，放心，剩下的草莓足够鸟儿们吃的了。"

狐狸一溜烟向林子边跑去，小姐妹因为赞赏它的风度和美丽的皮毛，向它友好地点了点头。她们又继续摘草莓，因为她们爱吃草莓的程度并不亚于狐狸贪食雏鸡、小肥母鸡和公鸡。

狐狸坐在洋槐树下，望着栖息在一丫高树枝上的公鸡，一心想吃掉它。最离奇的是，它丝毫不隐瞒要吃公鸡的想法，直截了当地对公鸡说："昨天晚上我从农庄窗户下经过的时候，你知道我听到了什么吗？"狐狸对公鸡说，"我听说主人要把你放在白酒酱油里烧熟，下星期天中午吃。你想不到，这消息叫我多难受呀！"

"天哪！白酒酱油！他们要把我放到白酒酱油里烧熟呀？"

"别对我讲这话了，鸡肉嘛，我吃定了。如果你愿意作弄作弄主人，你知道你该怎么办吗？你从树上下来，我呢，把你吃了。那么，主人就将受到无情的作弄！"

狐狸长着长长的尖牙齿，它龇牙咧嘴地笑着，舌头不住地舔着嘴唇，露出一副馋相。

但是公鸡不愿下树，它说宁愿让主人吃掉，也不肯叫狐狸伤害。

"你爱怎么想就怎么想吧，可我喜欢自然地死。"公鸡说。

"自然地死？"

"是的，也就是说，让主人吃掉。"

"你真蠢！可那根本不叫自然地死。"狐狸说。

"你才不明白什么叫自然地死，狐狸！主人总有一天要杀鸡，这是必然的。没有任何一只鸡可以幸免，就连那趾高气扬的火鸡，也跟别的鸡一样得挨刀，主人把它和栗子一起烧了吃哩。"

"公鸡，假设主人不吃你呢？"

"没有什么假设不假设的，因为这根本不可能。总有一天得下油锅，这是注定了的。"

"对，对。不过，不妨假设一下……尽量假设一下……"

公鸡聚精会神地想了想，它所想到的事让它兴奋得身子在树枝上晃了晃。

"那么，"公鸡低声说，"我就能永远不死……只要别让汽车轧着，就可以永远无忧无虑地活下去。是这样吗？"

"就是嘛，你将永远活着，这正是我想叫你明白的事。可是，你告诉我呀，到底是谁阻止你永远活着，使你每天醒来都得想一想当天会不会被杀掉呢？"

"哦，我对你说过了……"

狐狸打断了它的话，不耐烦地大声叫道："知道了，知道了。显然，你又要对我讲主人如何如何。但是，如果你没有主人呢？"

"没有主人？"公鸡惊得张大了嘴。

"我向你担保，没有主人呀，不仅可以生活得很好，而且会是世界上生活得最好的。我差一点儿就活了三个世纪（它说三个世纪，不是事实，它出生于1922年）。三个世纪以来，我从来没有对自由自在的生活遗憾过。我怎么会感到遗憾呢？要是我像你那样愿意跟着主人哪，我早就被吃了，早在幼年时期就被主人宰了，哪里还能荣幸地活上三百多岁呢？顺便说一句：活这么大岁数是件颇令人愉快的事，我有多少美好的回忆啊！因此，我老实对你说吧，我虽然没什么了不起的，但我可以滔滔不绝地给你讲好多故事。"

公鸡一边听狐狸讲，一边用头在洋槐树干上擦，它感到困惑。自从出生以来，它还从来没像这样专心致志地思考过问题哩。

"这肯定是令人愉快的。"公鸡说，"我在想，我生来确实该过这种生活吗？主人有许多缺点，现在，经过认真思索，我怨恨他们把公鸡烧来吃。啊！我怨恨他们。但是，总的说来，在他们恩赐给我们的短暂的一生中，我应该承认，可口的糊状食物、颗粒饱满的粮食和住所，他们什么也没让我们缺过。难道你见过我在林子里游荡觅食吗？你看我这嗉囊胀鼓鼓的，我哪天不是像今天这样呢？在这宽阔的林子里，要是像我这种动物就只有我一个，不用说，我早就苦闷死了。"

"天哪，在这林子里你才不会愁吃的哩，只要一弯腰就可以啄到美味的蚯蚓，林子里水果丰富就不用说了，我还知道种燕麦的地方，你的吃食有的是。的确，吃饭是不成问题的，我担心的倒是你会因寂寞而烦闷，但有一个简单的解决办法：让村里的公鸡、母鸡都学你的样儿。这件事，你很容易办到。首先，这是特别美好的事业，它直接关系到大家的命运；其次，你能说会道，肯定办得到。一旦获得成功，率领你的家族走向更美好的生活，这对你来说，是件多么赏心悦目的事呀！你将得到多大的荣誉啊！对你们所有的鸡来说，到绿树成荫、阳光灿烂的乐园，世世代代过无忧无虑的生活，这可是一次大解放啰！"

狐狸大大吹嘘了一通自由自在的快乐和森林生活的

美好迷人，它还讲了几个精彩的故事。林子里的居民对这些故事都已家喻户晓，但平原上的鸡还从未听到过。小黑公鸡听了后哈哈大笑，笑得用一只脚爪去捂住嗉囊，不料突然一下失去了平衡，掉到了洋槐树下。狐狸垂涎欲滴，很想吃了它，但它心甘情愿地忍住了，一把扶起公鸡，没动公鸡的一根毫毛。

"你不吃我吗？"公鸡用颤抖的声音问道。

"吃你？你快别这么想！我一点也不想吃你。"

"然而……"

"当然，我常常要吃一只鸡，但那是出于友好，为了避免它下油锅，死得不值得。我向你保证，那纯粹是一片好心。"

"原来大家错怪了你们呀，这真叫人难以置信！"

"即使你请我吃掉你，我也不会把你咬死，而让你活生生地待在我胃里。因为，我越想越觉得应该派你到你的家族中去完成一项伟大的使命。而完成这一切所必须具备的条件，从你那金黄色的美丽的眼睛里都表现出来了：品质高尚、意志坚定、善于思索，而在你简短的言谈中所表现出的敏锐的判断力，已经使我充分领教。"

"哎，哎。"公鸡摇晃着脑袋说。

"当然，你还没把你的全部想法告诉我。但是，如果说你心里没有个打算的话，我就感到奇怪了。"

"我当然有打算，当然啰！可是，我还有顾虑：林子里的生活有许多危险，因为我不敢相信黄鼠狼和鼬也会同你一样对我们热情友好。哦，我是勇敢的，我的一些弟兄差不多同我一样有胆量。但是，我们毕竟既没牙齿自卫，也不会飞翔逃命啊！"

这时，狐狸摇了摇头，长叹一声，似乎是因为看到它最好的朋友这样全然无知而感到难过。接着它说："在鸡窝里生活能使一只鸡变得聪明，这当然是不可能的。看来你们主人的罪过比大家想象的还大。我可怜的朋友，你抱怨既没牙齿自卫，也不会飞翔，可你有什么办法改变呢？主人还没等你的牙齿长出来，就把你们给宰了。啊！他们做的缺德事，他们心里是明白的，这些坏蛋！但是，放心吧，你不久就会长牙，并且会长出特别锋利的牙，你既不用怕鼬，也不必怕黄鼠狼。在牙没长出来之前，我来保护你。开始时是要有几点值得重视的预防措施，一旦鸡们都长出了牙，你们就什么也不用怕了。"

德尔菲纳和玛丽纳特等着狐狸叫她们。等呀等呀，她们觉得狐狸和公鸡的知心话说得太久了，便决定走出林子看看。她们为双方的情况担忧。德尔菲纳为公鸡捏了一把汗，后悔不该把公鸡在林子里的事告诉狐狸。来到洋槐

195

树下一看，她们立刻放了心，因为两个伙伴正在友好地谈心哩。

"小姐妹，"公鸡对她们说，"狐狸和我，我们正在商谈一件刻不容缓的重要事情。你们接着去玩吧，到时候，我带你们回家去。"

玛丽纳特不大喜欢一只普普通通的小公鸡用这种语气跟她们讲话，德尔菲纳也显得不大高兴。狐狸一心想维持他们之间的友谊，消除这种不好的印象，说道："公鸡，我的看法正相反，她们在这儿不碍事。事情的确很重要，但是，小姐妹，你们也可以给我们提些有用的建议，我的朋友公鸡告诉我一个它经过深思熟虑的美妙计划，我深信你们能帮助它去实现。"

狐狸把计划告诉了她们，它能说会道，说得娓娓动听，叫公鸡更加兴奋。德尔菲纳热泪盈眶，她对于母鸡遭受宰杀的悲惨命运深表同情，她拥护它们撤退到林子深处的计划。玛丽纳特虽然内心赞成，却怨恨公鸡想撇开她们，不让她们参加讨论，便提醒说："这计划很妙，但是我倒是挺喜欢吃烧鸡的，如果你们都离开了鸡窝，我们就没有鸡肉吃了。"听到这一番话，公鸡非常气愤，它冲着玛丽纳特走过去，气势汹汹地对她说："你们当然不能再吃烧鸡啰！你们以为我们生来就是给没良心的主人烹食的吗？应该把鸡肉从你们的菜单上去掉！别以为我们把主人对我们所作的恶永远忘记了。当鸡长出牙齿的时候，你们也许要后悔过去的行为的。"

公鸡的神态很凶，让玛丽纳特有些害怕，但她丝毫也没有表现出来，大着胆子回答说："我不知道你哪一天会长牙齿，也许可能吧。总之，我认为在炉子上烤得黄澄澄的小鸡可香啦。甚至，我还尝过酒烧鸡，那味道也蛮不错。"

德尔菲纳用臂肘推了推妹妹，要她当心点，因为她看见公鸡怒气冲冲的。狐狸拦住它的朋友，不让它向玛丽纳特扑过去。

"咱们冷静点，亲爱的公鸡，别激动。我们对这两个孩子说了心里话，我相信她们是不会叫我们感到后悔的，她们绝不会到爸爸妈妈面前出卖我们。"

"出卖我们？"公鸡大声说，"要那样才好哩！我要是知道了，就把她们俩都吃掉！"

这时，小姐妹耸了耸肩。公鸡可以用嘴把她们的腿啄得很疼，但要吃掉她们嘛，它实在太小了。小姐妹完全清楚这一点。

狐狸觉得是发表重要演说的时候了，它带着天真善良的神态，开始讲话，这使它很快就赢得了受骗者的

197

信任。

"天哪，我们之中没有一个比别人思维能力更强的，然而，我们大家的看法实际上完全一致。我们的朋友公鸡反抗主人的残暴，但是我相信玛丽纳特自己会首先同意它的观点。它所说的主人不正是爸爸妈妈吗？难道我们不知道爸爸妈妈令人讨厌、待人苛刻、经常冷酷无情地对待他们的孩子吗？"

小姐妹想争辩说她们挺爱爸爸妈妈的，但是狐狸不让她们有说话的机会。

"是的，冷酷无情、待人苛刻，这话一点不过分。哦，那天他们用鞭子抽了你们（狐狸信口开河)，而你们一点也不该挨打……"

"关于挨打，"玛丽纳特说，"我们不应该挨打，这是事实。"

"你们可算明白啦！我告诉你们，他们把打骂孩子、让孩子们心里难过当作开心哩。他们明明知道林子里有草莓，却偏偏要送你们去上学……"

"的确是这样。"

"假如他们知道你们今天逃了学，他们还要打骂你们，处罚你们只能吃面包。"

小姐妹想到可能会挨罚，抽泣起来。

"然而，他们肯定会知道你们逃学的事。"狐狸继续说，"其他孩子的爸爸妈妈一定会告诉他们，因为所有的爸爸妈妈都是一伙的，明白吗？他们串通一气对付孩子们，整他们的鸡。因此，他们该好好受一顿教育。当他们的家禽栏里既没有公鸡，也没有母鸡的时候，他们就会开始反省了。因为害怕孩子们终究讨厌他们，他们对待孩子们就会稍微公正点。"

小姐妹听了非常激动。但是，对于该不该尽义务支持公鸡的事业，她们还犹豫不决。狐狸完全不催促她们表态。当小姐妹同狐狸分手，在公鸡的陪同下回村时，狐狸找到了一只老喜鹊，这老喜鹊对它百依百顺。

"你快飞到平原上有棵黑桃树的那幢房子去，通知那家的爸爸妈妈，说德尔菲纳和玛丽纳特逃学，跑到林子里摘草莓。别弄错了，逃学的是德尔菲纳和玛丽纳特。"狐狸对老喜鹊这么说。

一切都像狐狸预见的那样发生了，小姐妹一回家就被爸爸妈妈训斥了一顿，然后又处罚她们只能吃面包。

"要是你们想给阿尔弗雷德叔叔好好写封信，可不是通过逃学能办得到的。"

爸爸妈妈的确说得有理。要是以往，小姐妹立刻就会认错了。但是，偏偏又运气不好，当她们正在啃面包、喝凉水的时候，爸爸妈妈正在吃一只早晨被汽车轧死的鸡。德尔菲纳和玛丽纳特一边看着、闻着烧鸡味，一边回忆狐狸的演说，心中的怨恨妨碍了她们悔过。

"我呀，"玛丽纳特不知害臊地说，"我不喜欢鸡肉，罚吃面包，我也不遗憾。"

"可我，"德尔菲纳接着说，"为什么人要吃鸡，我简直不明白。鸡长得多乖呀！"

起初，爸爸妈妈只觉得好笑，并说她们要是真不爱吃鸡肉的话，那倒更好(既然不准她们吃)。但是，当她们谈到爸爸妈妈不公正时，爸爸妈妈真的发脾气了。

"本来我给你们留了一个翅膀、一只鸡腿，让你们今天晚上吃。"妈妈说，"但是，既然你们同爸爸妈妈顶嘴，晚上还得处罚你们只能吃面包，以便教训教训你们。"

德尔菲纳和玛丽纳特想哭，然而，没见她们流下眼泪。午饭后，她们俩单独在院子里，一个劲地讲爸爸妈妈如何如何不好。

"还是狐狸刚才讲得对。"玛丽纳特说，"它事先就把这些事告诉了我们。"

"可以说它是了解爸爸妈妈的。"

"你还记得狐狸说过的话吗？爸爸妈妈把打骂孩子当作开心。"

"的确。他们会不会把我们……"小姐妹头脑发热，说来说去没有一句好话。结果她们去找一只羽毛金蓝相间的公鸡，对它撒了一个弥天大谎，说："公鸡呀，我们刚才得到一条悲惨的消息：星期天，村里要过一个隆重的节日，主人们决定把所有的母鸡、所有的雏鸡、所有的公鸡通通杀光。因为，他们想送一些烤鸡给穷人。他们说要过一个快快乐乐的节日，但是，我们多为你们伤心哟。"

在上学的路上，她们一碰到公鸡就停下来，把这件事告诉它们。大灾难的风声传遍了所有的家禽饲养场。下午，当小黑公鸡跑遍村子鼓吹自由的时候，它的兄弟们几乎已经被说服，就不用它多费口舌了。

第二天清晨，农庄睡梦初醒时分，全村的公鸡唱完了充满希望的告别歌，就率领着各家的老老小小到达约会地点——一块长着高高的大麦的地里。它们要从这儿出发去冒大风险。它们会集成了一支庞大的队伍，共有六百五十只鸡，还不算小鸡和几十只在林子池塘里听到消息后赶来的小鸭。小黑公鸡头戴兄弟们给它编制的绿油油的桂冠，嗉囊鼓得比以往更大，神气十足地走在前头。然而这桂冠却是不幸的预兆。

在林子深处，家禽们没过多久就议论起来，抱怨为获得自由而花费的代价太大。狐狸向它的客人们表示了最亲切的欢迎，与所有的鸡家长结拜为兄弟，并会千方百计地让鸡们在林子里住得舒服、愉快，狐狸竭力施展能说会道的本领，说得鸡们心悦诚服，它们认定自己进入了家禽的天堂。但是后来，没有哪一天不发现一只雏鸡、一只公鸡、一只小肥母鸡失踪的，有时候甚至有更多的鸡下落不明。当然，也不难发现狐狸变得日渐容光焕发、两颊丰满、皮毛发亮、肚皮溜圆。

然而，戴着桂冠的小黑公鸡，变得一天比一天更加忧虑不安，并且毫不掩饰它对狐狸的不满。狐狸起初为自己辩护，声称自己与家禽的失踪无关，说："黄鼠狼和鼬已经背叛了它们立下的诺言，但我要去惩罚它们。"

终于有一天，狐狸不得不承认这是它干的，因为有些鸡毛还沾在它那血淋淋的嘴筒上。

"这是头一回。"狐狸对公鸡说，"我必须让大家看看我的厉害。我吃的这只母鸡呀，它思想很坏，准会给咱们带来麻烦的，我这是出于一番好心。"

还有一次，狐狸一天吃了三只鸡，公鸡拿到了证据。狐狸听了公鸡的指责，竟厚颜无耻地回答："这是事实，但你知道，那是我生了气嘛。我决定在没有做出新规定之前，每天选两三只最笨最丑的母鸡吃，因为它们有损鸡群的美观。"公鸡没有上当，但由于当初它过分虔诚，受狐狸影响太深，因此不敢当着伙伴们的面承认是自己把大家引上了歪路，反而竭力劝它们别生气，把狐狸的滔天罪行嫁祸给黄鼠狼和鼬。

"耐心点吧。"公鸡说，"我们正在度过困难时期，但是，我们不久就会长出牙齿，当上林子里真正的主人。"

德尔菲纳和玛丽纳特尽可能地多到林子里来，但是小黑公鸡呢，因为怕狐狸报复，不敢把自己的忧虑告诉她们。小姐妹很清楚公鸡忧心忡忡，但想到乐极生悲是常有的事，她们就一点也不疑心了。狠狠地作弄了爸爸妈妈，叫他们也吃不上鸡肉，小姐妹可高兴啦。

可是有一天，狐狸为了设宴招待它的两个亲戚，伤害了十二只鸡（还不算小鸡和小鸭）。姐妹俩发现小黑公鸡眼泪汪汪，到这时小黑公鸡才把真实情况告诉了她们。小姐妹终于为她们的不道德的行为而感到惭愧和内疚了。

"公鸡呀！"玛丽纳特哭着说，"今天就该回鸡窝去哟。"

"你们大家都跟我们来。"德尔菲纳补充说，"我要把发生的事告诉所有的鸡。"

狐狸听到了整个对话，同它的两个亲戚一起突然从矮树丛里冲了出来。狐狸的面目再也不像往常那样讨人喜欢了。它头上的耳朵一动一动的，牙齿咬得咯咯响，一副穷凶极恶的模样。

"嘿！"狐狸嘶声说道，"你们没看到这两个丫头想从我们口中夺走'面包'吗？小东西，你们太不知趣，管得太宽了！你们呀，就别想去给爸爸妈妈报信了，因为我的两个表弟和我，我们就要把你们吃了！"

小姐妹开始呼救，拼命向林子边跑。幸亏狐狸和它两个表弟刚刚美餐了一顿有点跑不动，她们才跑得比狐狸稍快一点，气喘吁吁地爬上了平原边的一棵洋槐树。她们在树上大叫大嚷，呼喊爸爸妈妈来救命。爸爸妈妈闻讯赶来，解救了她们，又领着她们和幸存的四百七十只鸡，回到了村子里。

德尔菲纳和玛丽纳特受到了严厉的处罚，她们明白了撒谎和不听话是可怕的行为。至于家禽们，它们受到的惩罚不消说是相当严重的了。它们在好长的一段时间里，都变得通情达理，相信没有什么会比让主人吃掉更幸福的了。

小黑公鸡呢，无法再回到鸡窝了，因为狐狸一口咬死了它，作为对它泄露秘密的惩罚。当爸爸妈妈把它拾起来时，它的身子还是热的。主人揭掉了它那曾经大放异彩的桂冠以后，用白酒酱油烹熟把它吃了。

后　记

　　法国当代著名作家马塞尔·埃梅（1902—1967），一生中写过许多小说，他的童话集《猫抓老鼠的故事》更是蜚声文坛。

　　本书所收录的童话，就是从《猫抓老鼠的故事》中选译出来的。

　　这些童话十分有趣，但毫不离奇。它们取材于普通农家的日常生活，以小姐妹为主人公贯穿全书，在她们周围活动着各种农场动物，像鸡、鸭、猫、狗、牛、马等；当然还有野兽，如狼、狐狸、野猪之类。这些动物能说会道，一举一动极富趣味。它们是被拟人化了的，但又不失动物的本性。法国评论界认为埃梅的这部作品再现了拉封丹动物寓言的风格，绝非过誉之词。

　　作家的童年是在农村度过的，森林、牧场、山谷、小溪……都给他留下了深刻的印象；对各种动物的生活习性，他也别具慧眼、体察入微。因此，在这些故事里，充满了旷野清新的气息与大自然斑斓的色彩；每个出场的动物都栩栩如生。这些故事处处体现了儿童的心理特点——从儿童的角度观察世界、了解世界，同时巧妙地寓真、善、美的启迪于其中。

阅读这些童话时，读者会深深地被它们所吸引。它的题材是这样普通而又新颖，内容是这样平实而又有趣，实为不易多得的佳作。